MÉDÉE CHÉRIE

DU MÊME AUTEUR

CÉRÉMONIE, Actes Sud, 1999 ; Babel n° 533.
MOURIR EST UN ENCHANTEMENT, Actes Sud, 2017 ; Babel n° 1588.
MÉDÉE CHÉRIE, Actes Sud, 2019 ; Babel n° 1795.
DANS SA CHAIR, Actes Sud, 2022.

ISBN 978-2-330-16072-2

YASMINE CHAMI

MÉDÉE CHÉRIE

roman

BABEL

pour mes fils

à Eva

L'amour s'il est amour t'arrache à la raison
Change du tout au tout cela même que tu es
Et le moindre tribut à payer pour cela
Pour cet effacement de tous tes attributs
Est de donner ta vie et fuir les vanités
Si tu es prêt alors avance la tête haute
Car ce n'est pas un jeu que de jouer sa vie.

FARĪD AL-DĪN 'AṬṬĀR,
Le Cantique des oiseaux
in *La Peau de bête*
(traduction par Leili Anvar)

Je cherche le silence…

Longtemps, Médée a fait un rêve, dont elle s'éveillait une crispation au cœur, l'esprit chaviré par la soudaineté et la lenteur vertigineuse de la chute. Si quelqu'un lui avait demandé à quel moment elle avait commencé à faire ce rêve, dans lequel elle se tenait au sommet d'une falaise, sans doute battue par le vent, regardant de ses étonnantes prunelles violettes le vide en dessous d'elle, un songe inquiétant où survenait soudainement un grand chien noir, avançant vers elle qui oscillait, luttant de tout son corps menu contre les bourrasques déchaînées, elle aurait répondu : "Le jour où Adam a quitté la maison à son tour, suivant ainsi ses deux sœurs aînées, une fois son baccalauréat obtenu" ; comme si le départ de son fils l'avait laissée sans protection face à un gouffre dont elle s'était soigneusement détournée toutes ces années. Mais avant le rêve qu'elle caractérisait ainsi comme celui de la chute, il y avait eu celui où elle perdait toutes ses dents, et plus ancien encore, ce cauchemar qui la hantait régulièrement, sa chevelure tombée comme un scalp de son crâne soudain duveteux comme celui d'un nouveau-né. Mais là, ce qui s'impose à elle, c'est ce rêve où elle tangue au bord du précipice, le chien hideux, noir, se précipite sur elle, et la voilà perdant l'équilibre, elle chute, l'estomac retourné, se réveille en sueur, sa chevelure épaisse et lisse colle à ses tempes, son caraco léger humide contre ses seins. C'est ce rêve-là qu'elle a raconté en ces termes à Ismaïl le matin, pendant qu'il enfilait rapidement une chemise, après avoir répondu à l'alerte du biper dont il ne se sépare jamais : un de ses patients, opéré la veille, ne réagissait pas très bien. Médée était coutumière de ces euphémismes qui disent l'oscillation entre la vie et la mort, comme elle connaissait par cœur le sillon creusé sur le front d'Ismaïl dont l'esprit alarmé était déjà empli de suppositions qu'il ferait confirmer ou pas dès son arrivée à l'hôpital par une série de tests ; mais il a questionné sa femme, d'une voix distraite, "grand ou petit, le chien ?" marquant courtoisement son intérêt pour une réalité onirique si vaporeuse, si inconsistante en comparaison de ce qui l'attendait. Cette question qui ne demandait pas de réponse suscita en elle l'image de Cerbère, le chien aux trois têtes dont certains prétendent qu'elles représentent chacune un des âges de la vie, l'enfance, la jeunesse et enfin la vieillesse. Pourtant, Médée est sceptique, cette interprétation des trois têtes de Cerbère ne lui semble pas si pertinente. Dans son rêve, le chien noir énorme s'est jeté sur elle, qui déjà tanguait au bord du gouffre, balayée par le vent mauvais, précipitant la chute vertigineuse. L'estomac retourné, elle s'est éveillée, tendant machinalement la main vers le corps massif d'Ismaïl, sa chair élastique comme un rempart contre les miasmes d'angoisse, elle s'est apaisée lentement. Inspirant la bouche ouverte, elle a écouté son propre souffle. Mais le biper a sonné, il s'est retourné un peu vite, une curieuse sensation de vide à nouveau, dans la lumière grise de l'aube elle a perçu son regard sur elle. Quelque chose d'indéfinissable l'a inquiétée, elle a passé la main dans sa chevelure luisante, aux reflets fauves profonds, a lissé du bout des doigts ses longues paupières, ses prunelles violettes fixées sur lui qui s'habillait en soufflant, "pas le temps d'un café, je ne rentre pas déjeuner", effleurant d'un baiser furtif sa joue légèrement creusée, elle dort mal depuis plusieurs semaines. L'image de Cerbère ne l'a pas quittée de la journée, si bien qu'elle a déserté la maison pour grimper dans son atelier de briques, construit sur le toit, donnant vie à la pièce de marbre noir dont elle n'avait su que faire jusque-là, un chien à têtes de femmes, trois visages différents, l'un aux longues paupières closes, aux lèvres pleines fermées, un visage aussi impassible que celui d'une déesse sans désir ni peine, le deuxième aux prunelles visibles sous les paupières à moitié soulevées, et enfin le troisième, aux yeux dilatés, la bouche ouverte sur un cri de détresse inarticulé. Ces trois têtes posées sur des cous longs et sinueux semblaient mettre en péril l'équilibre du corps de lévrier auquel elles étaient rattachées. Médée avait travaillé quinze jours durant, d'abord au burin, puis elle avait poli la statue délicate jusqu'à ce que la lumière réfléchie sur les courbes nerveuses de l'animal triplement humain ne révélât plus aucune aspérité.

Mais elle ne saurait dire pourquoi là, dans cet aéroport international où ils ont atterri pour une escale, c'est à ce rêve de chute qu'elle a pensé, à ce matin au goût prémonitoire de cendre où le corps familier s'est dérobé, "une urgence", quelque chose en elle était infiniment triste dans la clarté perlée de l'aube, le désordre léger de cette chambre où le parquet plus sombre est éclairé par les draps lumineux, les abat-jours coiffant les lampes comme d'extravagants chapeaux de femmes folles, et le mur face au grand lit tapissé de photographies de leurs trois enfants, visages illuminés de joie, ou pensifs, le sourire édenté d'Adam à huit ans, la grâce d'Aya sur cette plage d'Assilah, emportée par son cerf-volant tendu haut dans le ciel, le regard intense de Samia par-dessus son bol de chocolat... et eux plus jeunes, si beaux alors, ils le sont toujours, un miracle à l'âge où le temps marque les corps et les faces, affaissant lentement les chairs, effaçant les contours comme un burin mal manié. Mais ils ont résisté, Ismaïl un peu épaissi, sa chevelure léonine toujours abondante, ses yeux fatigués pleins de joie, et elle, mince et longue, un éventail de fines rides au coin des yeux, toujours la magie de ses prunelles violettes, et ce profil intact... Ismaïl lui a demandé de l'attendre dans ce kiosque à journaux, "une minute aux toilettes et je reviens, ne bouge pas", elle était presque heureuse de l'accompagner pour ce congrès à Sydney, elle qui pourtant détestait ce statut pathétique d'épouse réduite à parcourir en compagnie de ses consœurs et d'un guide inspirant les dédales historiques et culturels des capitales traversées, pendant que les époux prestigieux échangeaient leurs expériences de prêtres de la vie dans de vastes salles aseptisées et luxueuses.

S'est-elle inquiétée au long de l'attente qui se prolonge ? Médée ne s'en souvient plus, là, face aux regards anxieux de deux de ses trois enfants venus lui annoncer avec d'infinis ménagements ce qu'elle entrevoit à peine, Ismaïl est parti sans elle. Elle a entendu, pourtant, debout dans ce kiosque situé à la lisière de la zone d'embarquement, les appels pour le vol de Sydney, le téléphone d'Ismaïl éteint, entre ses mains le magazine devenu de pierre. Statufiée, Médée, son corps sait ce que sa pensée ne conçoit pas encore, elle est comme ces personnages arrêtés, piégés dans une matière plus lourde que le mouvement qu'ils tentent.

Et la voilà statue de sel assise face à Adam et Aya dans ce café bruyant où les voyageurs font une halte avant de reprendre leur périple. Elle est immobile, ses mains sont posées l'une sur l'autre, rapprochées de son buste comme pour parer le coup, elle est appliquée à les garder ainsi, sa respiration est lente, elle ne sait ce qu'ils attendent d'elle, la dévisageant anxieusement, le frère et la sœur en face d'elle dans ce café où deux heures plus tôt Ismaïl a refusé de s'arrêter, dédaignant l'espace légèrement graisseux envahi par les vrombissements de la machine à café, les voyageurs fourbus ; le soleil éclabousse d'un scintillement tiède le bar chromé, fait luire les particules enserrées dans le plateau de la table en formica où gisent les tasses pleines du café amer déposées quelques instants plus tôt par Adam. Elle est assise, immobile, le regard de ces deux jeunes adultes la traverse, elle est cette femme de sel qui assiste impuissante à sa propre métamorphose, attentive elle retient le plus infime battement de cils, la douleur se tient là, si proche que le moindre déplacement la ferait jaillir comme une lave bouillante, miracle de cette douleur qui ne surgit pas. Médée, suspendue au-dessus de son propre gouffre le contemple, retenue par un fil improbable qui empêche sa chute. Rien n'est arrivé. Ismaïl va surgir dans un instant et le sort va se défaire, elle pourra cligner des yeux et faire le geste familier de lisser ses cheveux ramassés à l'arrière de son crâne en une masse soyeuse.

Adam tend la main vers sa mère, sensible à la rigidité du visage figé, la douceur délicate de la peau de Médée, là où s'amorce le fragile maillage des rides claires au coin des yeux, qui disent les rires d'amour avec eux dans l'enfance au jardin ; elle se tenait debout, sa main dans la sienne, et ils regardaient de leurs yeux si semblables la montée des capucines sur le muret de pierre qui clôturait à peine l'espace ouvert, ils avançaient ensemble dans l'herbe fraîchement coupée dont montaient des effluves de terre et d'eau, le gazon gorgé était élastique sous leurs pas légers, elle lui apprenait à regarder les nonchalances bleutées de la glycine, la grâce savante des camélias et il comprenait alors, dans cette déambulation ponctuée par les haltes aléatoires de sa mère, tout entière retenue par la tessiture d'un feuillage, le bourdonnement doré d'une abeille, l'harmonie infinie des tremblements de la lumière, comme une pluie d'or et d'argent enveloppant le jardin béni de Médée.

Médée ne réagit pas au geste de son fils, elle ne sait plus si elle est de sel ou de craie ; il y avait dans son enfance ces longues craies blanches que le professeur cassait en deux parties souvent inégales pour couvrir le tableau aux battants en triptyque… Ainsi rompue, la craie ne grinçait plus, comme si la rupture avait permis d'écraser contre l'ardoise géante la pulpe plus tendre, offrant moins de résistance que sa pointe durcie. On n'entendait plus que le passage adouci du long bâton blanc sur le tableau, un chuintement scandé par le coup sec de la ponctuation qui restait dans la mémoire de Médée comme la musique du savoir, glissement syncopé mais harmonieux de la craie rompue.

Sans doute est-elle rompue elle aussi, Ismaïl a organisé son abandon pour la couper en deux, un coup sec et définitif qui a brisé l'enveloppe miroitante de Médée, laissant s'échapper de la coque brisée une sève élastique et tendre, une résine collante comme celle des premières statuettes dont elle s'évertuait à retenir la forme dans l'atelier de Juan plus de trente ans auparavant. Elle est attentive à ne pas bouger pour ne pas laisser se répandre en elle la douleur qu'elle sent sourdre et ne pourra maîtriser. Aya et Adam la regardent comme lorsqu'ils étaient enfants, leurs mains dans les siennes, elle avait alors la puissance d'organiser pour eux le monde, la ronde des rituels quotidiens traversée par une surprise, rupture rieuse alors, cartables hâtivement jetés au fond du coffre, petits pains au chocolat émiettés sur le siège arrière de la voiture qui fendait les rues calmes de Rabat pour une échappée aux Oudayas, tant pis pour les devoirs disait Médée, guidant ses enfants jusqu'à l'ouverture pleine de promesses de l'atelier d'Omar, qui les accueillait sans étonnement manifeste, "j'ai deux ou trois choses pour toi", informait-il Médée en la serrant dans ses bras hâlés. Elle découvrait avec gratitude des blocs de marbre que Ba Ahmed chargeait plus tard dans sa camionnette et qu'il fallait monter avec des cordes jusqu'à l'abri-atelier aménagé sur le toit de la maison d'Ismaïl.

La maison d'Ismaïl, les autres disaient tous, "retrouvons-nous chez Ismaïl et Médée", mais elle, toujours, l'a pensée en ces termes, la maison d'Ismaïl, s'excluant de toute possession. Ce qui lui appartient en propre, c'est cet atelier de fortune, construit comme un abri aléatoire, sur le toit de la maison d'Ismaïl, où gisent à présent les statues, les figurines, et certains blocs de pierre bruts encore. Mais aussi la résine stockée dans des fûts, les colles visqueuses, les clous, les morceaux de bois noueux, le coton en quantité pour les curieux totems floconneux et scintillants qui l'ont rendue célèbre… et le Cerbère fraîchement émoulu de ses mains aux ongles coupés très courts, calleuses par endroits malgré l'usage répété de la pierre ponce pour attendrir la chair durcie par le maniement des outils : marteaux, burins, gradines, pointes, gouges, ciseaux, scies, mais aussi râpes, limes… Tout un arsenal pour convaincre la pierre de donner forme à cette architecture complexe d'images mentales, de liens, de silences impossibles, qui lui ont fait tout au long de ces années tendre des fils d'acier entre ses compositions, élaborant des figures si enchevêtrées que la pierre, prisonnière de filaments arachnéens, est comme prise dans un cocon déchiqueté. C'est à cette statue qu'elle pense, comme si la masse de marbre taillée, soigneusement polie, avait le pouvoir de retarder la déflagration, le moment où ses chairs éclateraient en fragments sanglants, aspergeant autour d'elle les autres voyageurs, non pas arrêtés, mais confiants dans les destinations qu'ils avaient choisies, certains d'arriver à bon port, comme elle, dans une autre vie. Elle croise les mains sur ses seins, semblable à une antique suppliante, contenant ce qui menace d'exploser, cette boule dure et fragile qui lui interdit d'inspirer à pleins poumons. L'image du Cerbère flotte à la surface de sa conscience, les trois têtes ont à présent la bouche ouverte, des gueules dentées, les crocs pointus déparent les faces grimaçantes, un morceau de chair dépasse de la gueule refermée de la troisième tête rejetée en arrière dans la perspective du festin. C'est sa chair à elle qui palpite entre les canines luisantes, lambeaux en elle, elle déjà en lambeaux, les bras croisés sur son torse où les os dénudés tressaillent, là, assise face à ses enfants. Où est passé le petit garçon au regard profond, toujours collé à son jeune corps alors intact, l'adolescente longue et discrète, "où est donc Samia ?" demande-t-elle dans un souffle, exsangue, comprimant ses seins fastueux. "À Londres, maman, tu sais bien qu'elle vit à Londres", répond Adam déchiré devant sa mère qui à présent halète si légèrement qu'il est le seul à distinguer le mouvement saccadé de ses côtes qui se soulèvent. "Nous allons récupérer ta valise, maman, et tu vas venir avec moi à la maison." La voix d'Aya est ferme, mais elle n'ose pas toucher sa mère, ni même effleurer son épaule ou sa main, ou même l'aile transparente de son nez délicat, enfant elle y frottait le sien, tout le corps de sa mère était un territoire chaud, parfumé où elle plantait ses drapeaux, tout était à elle alors, et Médée s'abandonnait en riant à cette invasion poisseuse, les baisers sucrés de ses enfants collant ses mèches d'or brun contre ses joues, constellant d'auréoles minuscules ses vêtements comme autant de tatouages éphémères sur sa chair vivante. Impossible de toucher Médée, il y a autour d'elle une citadelle de verre qui la sépare de ses enfants. "Maman", appelle doucement Aya, le regard de Médée s'arrête sur elle, un immense effort, cette conversion à l'extérieur de soi, elle esquisse un sourire. Une fois, les enfants étaient si jeunes, elle avait pensé à quitter cette maison qui tournait autour des urgences d'Ismaïl, dîner, réunions familiales, vacances scolaires, goûters d'anniversaire, accompagnements des filles à la danse, les cris exigeants de tous montant jusqu'à sa retraite sur les toits, la porte de l'atelier ouverte brutalement, au moment où elle emmaillotait la pierre taillée dans un tissage de fils de fer soigneusement tressés, créant entre les blocs une architecture complexe d'acier et de latex, membranes tendues et effilochées comme une peau fragile, étirée jusqu'à la déchirure, parfois ravaudée grossièrement avec du fil de pêcheur. "Médée opère elle aussi", disait Ismaïl, découvrant le plus souvent avec incrédulité le travail de sa femme, plutôt inquiet devant l'expression d'une telle acuité de perception, ému jusqu'au malaise. Il prenait alors entre ses mains précises le visage de Médée, et elle se laissait faire, lui offrant comme le premier jour le mystère de ses paupières closes, "donne-moi tes yeux" réclamait-il, et alors seulement elle le regardait sans ciller, ouvrant grandes ses prunelles, le visage de son amour comme une géographie familière et inconnue, de si près le grain de la peau irrégulier offre des aspérités insoupçonnées, il couvre de sa main les prunelles crépusculaires, “que regardes-tu ainsi mon amour ? C’est moi que tu vois”, elle voit tout ce qu’elle ne sait pas de lui, cette peau étrangère, et quand ses mains la touchent elle sent cette membrane fragile contre la sienne, deux univers distincts, le fil ténu du désir qui les lie, renouvelé chaque fois, un miracle. Ils avancent ainsi, peau contre peau, et toujours elle a su que son corps ouvert trois fois pour mettre au monde les fruits de ce lien ne le retiendrait pas, elle sculpte ces histoires de construction éventrées par le surgissement du hasard, ce qui n’est pas prévu, ce qui n’est pas attendu.

Mais là, elle est assise face à ses enfants, deux sur trois, elle n’est pas vraiment étonnée de la défection de Samia, depuis longtemps il y a entre elles une hostilité sourde, la fille excédée par l’univers complexe de sa mère, la pierre travaillée pour révéler la fragilité des constructions, les statues polies puis scarifiées, enveloppées de filaments mouvants, liées entre elles par des chaînons rouillés, les grands totems d’acier et de marbre aux extrémités transparentes comme des créatures remontées des abysses… Souvent Samia cherchait le regard d’Ismaïl, et ils se souriaient, unis dans une même incrédulité, une même impatience peut-être, évaluant la silhouette menue de Médée, son visage lumineux, où puisait-elle cette énergie qui traversait la matière, créant des liens improbables entre la dureté du marbre et la transparence de la résine, la mollesse de la cire et la violence de l’acier… Et toujours cet acharnement à suturer l’espace, luttant farouchement contre la distance, l'éloignement, la séparation des créatures déroutantes qui voyaient le jour sous le labeur de ses paumes calleuses, de ses doigts pleins de coupures, de cicatrices, traces de son obstination à s'inscrire en dehors d'elle et d'eux.

Il y avait dans un coin de son atelier une sculpture différente, conçue au moment de la naissance de Samia, en marbre blanc, si ronde, si pure que Médée ne pouvait la regarder sans pleurer… Un corps de femme plein, un peu lourd, replié en cercle, les bras arrondis autour d'un nouveau-né dont la tête était confondue avec le sein droit de la mère. Médée avait pris la peine de sculpter avec une précision délicate les yeux, le nez, la bouche de la jeune mère. Elle avait toujours refusé d'exposer ou de vendre cette sculpture, comme si ce qui s'y disait d'amour et de plénitude eût pu souffrir d'une telle mise à nu, souscrivant inconsciemment à cette idée que les grands bonheurs sont si fragiles qu'un regard malintentionné suffirait à les faire voler en éclats.

La première fois qu'elle avait exposé son travail, dans la plus ancienne galerie de Tanger, un critique s'était étonné de ce travail de remaillage de la réalité, ravaudée, rafistolée, au point que le regard ne percevait plus l'œuvre qu'à travers un lacis de fils de fer, de nylon, de crin qui interdisait d'accéder à ce qui se donnait à voir tout en se dérobant, installant le spectateur comme un voyeur avide, fouillant l'entrelacs des sutures et des liens à la recherche de la forme initiale.

Mais anticipant la venue au monde de Samia, Médée avait tiré d'un bloc blanc cette statuette parfaite, tendre rêve de pierre, pas une veine dans la chair de marbre douce comme le dedans d'un amour, les bras de la mère enveloppant l'enfant dans la rondeur du lien, scellé par le sein et la minuscule tête de marbre confondus. Elle se souvient encore du poids de son ventre plein alors qu'elle polissait jusqu'à l'épuisement ce lien de pierre, effaçant la moindre aspérité, dans une projection heureuse de la venue de l'enfant. Ismaïl cherchant sa femme, entré dans l'atelier après une longue journée passée au bloc opératoire, avait contemplé, adossé au mur son profil appliqué, ému par la délicatesse de ce travail épuré, si éloigné des créatures issues des limbes que Médée enfantait sans relâche. Contournant les blocs de marbre, il avait enlacé Médée avec une ferveur telle qu'elle en portait encore la trace dans sa chair, assise là dans ce café, plus de vingt ans après.

C'est cette mémoire du corps qui la faisait chercher son souffle comme un nageur qui se noie, sous le regard inquiet de son fils si semblable au sien. D'un geste bref elle a rejeté la proposition d'Aya : "Je ne vais nulle part. Je vais prendre une chambre ici, à l'hôtel, dans l'aéroport. Je verrai plus tard." Aya ouvre la bouche pour protester, mais Adam arrête sa sœur "laisse la tranquille. Je m'en occupe, maman. Je vais récupérer ta valise et réserver une chambre". Adam parti, Médée a ressenti son absence momentanée comme un trou, une maille défaite dans l'espace autour d'elle, et c'est tout le tissu fragile de sa propre présence dans ce café qui s'est désagrégé. Impuissante, elle écoute la jeune femme lui raconter une histoire improbable, l'appel d'Ismaïl – "j'ai lu « papa » affiché sur l'écran de son téléphone portable, j'ai décroché aussitôt" – alors qu'elle langeait son enfant assistée de Mathieu, devenu par la grâce de cette deuxième paternité un homme apaisé ; et Médée perçoit dans la voix de sa fille une note de triomphe assourdie, qui aurait pensé que l'exubérante révolte du jeune homme qu'elle a choisi contre vents et marées se dissoudrait un jour dans les odeurs de talc et les purées de légumes bios ? Médée se souvient de la fougue de Mathieu, opposé au mariage, à la paternité, aux liens installés, passionné par son métier de journaliste, témoignant des crimes des gouvernements aux quatre coins de la planète à feu et à sang. Mais elle a aussi en mémoire la patiente obstination d'Aya, ses propos qui paraissaient si éloignés de la réalité du jeune homme d'alors, "ce n'est rien maman, il lui faut juste franchir ce pas-là, le premier". La sérénité d'Aya est une grâce dont Médée se sait cruellement dépourvue. La voix sourde de sa fille continue de déployer les fils d'un départ irréversible, "papa a dit qu'il te laisse tout, maman, tu es à l'abri, la maison de Rabat est à toi, et ton compte en banque sera régulièrement approvisionné, il a transféré tout l'argent des dernières ventes de ton travail sur un nouveau compte dont il m'a transmis les coordonnées, ton agent est informé aussi, si tu le souhaites, Adam s'occupera de tout avec Samia, tu sais combien je suis incompétente pour tout ça". Elle lève vers sa mère son chaud regard, Médée se tait, tout est prévu sans doute de longue date, depuis quand la présence d'Ismaïl est-elle devenue fantomatique, comment ne s'est-elle pas avisée d'un changement si profond que leurs vies basculent aujourd'hui, quelle cécité, quelles certitudes absurdes l'ont à ce point séparée de ce qu'ils ont cessé d'être l'un pour l'autre, ce qu'elle n'est plus pour lui, qui s'en va ainsi, préméditant son départ comme un assassin organise son crime, sale assassin tranquillement envolé vers une destination nouvelle, libre, son corps sans cicatrices, jamais alourdi.

Elle se souvient de son désir renouvelé devant sa métamorphose à elle, enceinte d'Adam, enflée au cœur de la chaleur estivale, voluptueuse, les seins lourds, le ventre rond, les cuisses étrangement pleines, semblables à ces femmes immortalisées par Renoir, si dilatées qu'elles semblent des fruits mûrs sur le point d'éclater. Le peintre ne s'y est pas trompé, qui a fait surgir au cœur de la chair rose et blanche des traînées verdâtres, prélude de la décomposition inévitable. Et lui, léger, libre, plein de joie face à ce corps inconnu, vaguement coupable de la passivité de Médée enlisée dans sa prison de chair, étrangement heureux, "mon amour, tu n'as jamais été aussi belle". Il la désirait avec une ivresse joyeuse, et elle s'était sentie trahie, comme s'il en aimait une autre. Souvent dans leur chambre où les volets baissés ne filtraient qu'imparfaitement la lumière, étendus sur le lit trop grand, arrimés l'un à l'autre comme deux noyés, souffles accordés, gestes sûrs de l'amour, elle tremblait anticipant l'arrachement de la fin de ce désir qui les liait comme une corde tendue depuis plus de vingt-cinq ans. Et toujours il riait de cette crainte exprimée, "les vieux stéréotypes, mon amour, c'est toi qui peux partir un jour, je ne suis qu'un boucher qui soigne, souvent en échec, regarde-toi, tu enfantes des mondes et des mondes"... Médée souriait doucement, les paupières closes, mais en elle un pressentiment vieux comme les mondes anciens rôdait, une conscience de l'inégalité qui les fonde, son désir à lui, libre de tout lien, elle le sait, comme la terre est ronde, ce désir qu'elle ne connaissait pas de l'intérieur, le sien à elle était ancré chaque jour davantage, cette folie contre laquelle elle luttait de lui appartenir qui la laissait dans l'incapacité de savoir à quoi elle ressemblait sans lui, une dépossession de soi irréversible. À la fin, les formes sculptées dans la pierre étaient si entravées, si envahies de liens, que l'espace qui séparait les pièces offertes au regard avait disparu, elle creusait comme une grotte à l'intérieur des installations envahies de cordons, figurines, objets récupérés, vieillis, entassés, cloués, suspendus, disant inlassablement l'effacement de la vacuité.

Adam est déjà de retour, il tire avec énergie la valise de sa mère, mais arrivé devant elle il contient sa vitalité, "voilà maman, c'est fait" ; comme son père il oppose à l'irruption du malheur un pragmatisme rigoureux, la chambre d'hôtel est réservée. Médée n'est plus en transit pour Sydney, elle est en attente, il lui faut changer de destination, c'est pourquoi Adam a pu réserver une chambre dans le seul hôtel de l'aéroport. Aya s'inquiète : "Maman, viens avec moi, tu seras avec les enfants, Mathieu nous attend, ne reste pas seule ici, c'est absurde, nous irons tous dîner ensemble, je t'en prie."

Médée est d'une immobilité minérale, elle ne répond pas, tout ce qu'elle peut vouloir, c'est le silence gris d'une chambre étroite, son corps abandonné comme une dépouille inutile sur le lit où tant de corps se sont succédé. Mais là, il faut que le sien s'anime sous le regard de ses enfants devenus adultes, elle craint le premier mouvement, celui qui la fera sortir de cette bienfaisante immobilité, où elle peut demeurer suspendue, sans lieu assigné, presque sans souffrance. Il y a en elle un monstre enchaîné qui attend une brèche pour se libérer et tout emporter dans une dévastation radicale. Il lui faudrait plus de temps, assise ainsi, le brouhaha qui l'entoure est une membrane cotonneuse qui l'enveloppe légèrement, les crocs du Cerbère ont entamé sa chair mais elle peut encore prétendre qu'elle ne le sent pas, pourvu qu'elle ne fasse rien, ne bouge pas, dans un engourdissement que l'inquiétude pragmatique d'Adam et Aya bouscule avec un égoïsme inconscient. Adam l'enveloppe de ses bras, frotte son visage contre le sien, comme pour la ranimer, sa chaleur est contagieuse, Médée sent son sang circuler dans ses veines, l'étreinte de son fils est un havre illusoire auquel elle s'abandonne quelques secondes, comme une vieille enfant, acceptant le renversement des rôles ; et comme une enfant, les larmes montent, elle se raidit, "allons-y" et se lève, elle chancelle à peine. Aya tend la main mais sa mère esquisse à nouveau ce geste bref maintenant la jeune femme à distance "rentre chez toi, Aya, tu as ton mari, tes enfants. Adam va m'aider à m'installer, allez, va". Elle caresse le visage défait de sa fille : "Oh, maman", balbutie Aya, bouleversée. "Va, ma fille, rentre chez toi. Ne t'inquiète pas, tout ira bien." Elle passe et ouvre la marche. Adam sourit à sa sœur qui vacille, comme si sa mère en la touchant avait atteint de sa main légèrement posée sur sa joue un point vital.

Est-ce possible ? Pourquoi la tendresse de Médée, son amour inquiet, sa vulnérabilité contenue n'ont-ils pas retenu Ismaïl ? Aya se souvient de la patience de Médée, les soirées annulées après un coup de fil hâtif, Ismaïl happé au bloc opératoire, il y avait toujours un malade en péril, une publication à terminer, un confrère prestigieux à recevoir ; et Médée abandonnant le calme de son atelier éclaboussé de lumière descendait de son antre pour parer au plus pressé, rinçant hâtivement ses mains avant de serrer contre elle ses enfants rentrés de l'école, le goûter, les devoirs, quelques écorchures à soigner puis effleurer d'un "baiser magique" réclamait Aya qui s'en souvient là, et la précision de cette remémoration l'étonne, la tête de sa mère penchée sur son genou meurtri, ses lèvres fraîches contre la toute petite plaie, elle avait enfoncé ses doigts dans la chevelure de Médée, attirée irrésistiblement par la masse soyeuse, consciente déjà de l'étonnante beauté de sa mère, réfugiée dans les bras menus refermés sur elle, "mon oiseau, qui t'a fait mal ?", l'infinie patience de Médée écoutant les histoires de concours de corde à sauter, la vilenie d'une camarade anticipant la victoire d'Aya levant haut la corde pour faire tomber son adversaire… "Oh", s'indignait Médée et déjà Aya, à l'abri dans la sûre étreinte, ne savait plus pourquoi elle avait tant pleuré. Il y avait aussi les moments précieux après le dîner, durant lesquels Médée lisait une histoire à ses enfants, celle du petit crapaud si vilain que les enfants chassaient à coups de pierre et qui était en réalité le prince des marais, ou mieux encore elle inventait pour eux des contes avec une multitude de personnages, des récits qui se perdaient les uns dans les autres, tandis que Samia, Aya ou Adam intervenaient pour en modifier le cours ; Médée adaptait alors la dérive sinueuse du récit à leurs désirs impatients. Rarement Ismaïl rentrait à temps pour le coucher des enfants. Le plus souvent il entrouvrait tardivement la porte de la "chambre des filles", puis celle d'Adam, précédé de Médée un doigt sur les lèvres pour lui intimer le silence, ainsi effleurait-il d'un baiser léger leurs fronts endormis. Mais plus souvent encore, Aya levée à la recherche d'un verre d'eau, ou peut-être explorant la vie nocturne de la maison, surprenait sa mère seule au salon, penchée sur un livre ou annotant les carnets qu'elle couvrait de son écriture fine, précisant un projet, liant son travail à un évènement ou une interrogation en particulier, attendant le retour d'Ismaïl. Médée lisait et écrivait comme on chemine, avec une intensité obscure aux yeux de l'enfant immobile. Parfois, Médée n'était pas au salon, et Aya grimpait courageusement jusqu'à l'atelier sur le toit, elle entrouvrait à peine la porte, accédant à la vie cachée de sa mère, comme on pénètre sur un territoire défendu.

Aya regarde la mince silhouette qui s'éloigne suivie d'Adam poussant une lourde valise sur roues invisibles, elle aurait tant voulu envelopper Médée de ses bras protecteurs, mais c'est elle Aya, si ébranlée par la déflagration de cette annonce brève, la voix presque méconnaissable d'Ismaïl au téléphone, qui a besoin de l'étreinte de sa mère et éprouve son absence, dépossédée comme une enfant.

Dans la chambre grise et blanche aux hideux meubles plastifiés, les cloisons sont si minces que le moindre filet d'eau dans le cabinet de toilette des chambres voisines produit un vrombissement qui ébranle les tuyauteries dissimulées sous le mur. Médée debout à la fausse fenêtre attend le départ d'Adam, qui explore avec désolation le carré étroit où sa mère a choisi de passer sa première nuit seule. "Tu ne veux pas plutôt rentrer dans Paris, maman, que vas-tu rester faire ainsi, dans cet aéroport ?" Médée ne répond pas, que ferait-elle à Paris ou ailleurs qu'elle ne puisse faire ici, chercher en elle le silence qui permet de sentir jusqu'au sang, jusqu'aux os ce qui lui arrive, l'accident improbable qu'elle a traqué dans toutes ses explorations menées dans la pierre et la terre, la colle et le fil, l'acier et le verre, le latex, le caoutchouc, tous les fils de lin, de chanvre, la corde, les fils de pêche, puis les crochets, les aiguilles, les pinces, toute cette danse folle à la recherche des failles invisibles, souterraines qui surgissent sans crier gare, installant la dévastation ourdie de longue date, dès les commencements. Et elle, Médée, celle qui sait, elle répare, ravaude, rafistole inlassablement les failles qu'elle médite.

Elle est immobile, le dos tourné, et son fils s'approche d'elle avec précaution, comme il le ferait si on lui avait annoncé que sa mère était atteinte d'un mal incurable, comme si le moindre geste brusque pouvait faire voler en éclats la fragile créature dont il observe la nuque mince, le dos étroit, seule la chevelure de Médée éclaire cette chambre grise de ses reflets d'or chaud. Toujours, Médée est apparue à son fils comme l'incarnation de la grâce, et là, derrière elle, il lui semble que cette grâce est menacée, le coup est si rude que l'harmonie sacrée qui habite tous les gestes de Médée va se rompre, c'est certain, mais alors qu'elle se tourne vers son fils persiste dans son attitude l'aisance qui le fascinait enfant, un accord intérieur si profond que la beauté jaillissait tout autour de sa mère, la lumière dorée du jardin, les pétales veloutés des fleurs écloses, les branches noires du prunier constellées d'une infinité de bourgeons blanc rosé semblaient à Adam une féerie que la présence de Médée faisait éclore, comme une magicienne fait surgir un monde en foulant le sol de son pied ailé.

Adam ne comprend pas le départ d'Ismaïl, cette trahison qui bouleverse leurs vies à tous, creusant un abîme dont il pressent la profondeur. Il se sent à présent responsable de sa mère, enveloppé dans un étrange sentiment de culpabilité, comme s'il avait pris part à la fuite de son père, ou tout au moins comme si cette disparition l'engageait personnellement d'une manière ou d'une autre.

Médée, sans le voir, sait que ses gestes devenus gauches signalent l'amour inquiet, mais aussi cette propension qu'il avait enfant à prendre en charge les absences prolongées de son père, entourant sa mère d'une tendresse légère. Toujours, Médée a ri avec Adam de ce souci excessif qu'il avait d'elle, le renvoyant d'un baiser lorsqu'il se glissait dans son atelier pour l'entourer de ses bras, ou au salon où il la rejoignait solitaire, plongée dans un livre, attendant Ismaïl. Le pas de son père, sa voix sonore le rendait à sa liberté d'adolescent, mais même ainsi, Adam restait un jeune homme si tranquille que Médée s'interrogeait sur le goût de son fils pour la solitude, à laquelle le soustrayait la venue régulière de ses camarades d'enfance, les mêmes depuis toujours, aussi calmes et bienveillants que lui. Le jeune homme emplissait aujourd'hui la chambre impersonnelle, dont la laideur neutre semblait si entière qu'on ne pouvait s'empêcher de penser qu'il avait fallu à celui qui l'avait ainsi aménagée un soin particulier pour en exclure si sûrement toute analogie avec une forme de beauté. Médée se tenait le dos tourné, mais elle sentait la chaude vitalité d'Adam qui lui était encore une protection contre ce qui menaçait en elle ; il aurait suffi de baisser légèrement la garde, d'esquisser un geste minime d'affliction, et elle aurait été à l'abri dans l'étreinte de ses bras refermés sur elle, il aurait trouvé des solutions, organisant un quotidien presque heureux, abrégeant ses journées de travail pour la rejoindre plus tôt, délaissant momentanément la jeune femme qui partageait sa vie pour sa mère.

Et elle aurait ainsi retrouvé la complicité qui les unissait depuis toujours, les longues déambulations dans les rues de Paris, appuyée contre lui, leurs discussions interminables sur la manière dont la Renaissance avait changé le regard sur le monde en Occident, le renoncement à la contemplation qui les occupait tant, eux, qu'on appelait les Orientaux, et dont ils n'avaient pas réussi à se départir pour traverser la matière et les formes, installés dans la perspective d'une vision du divin. Seul l'œil de Dieu regarde le monde. Ils auraient interrogé leur propre rapport avec la réalité du monde au cours de réflexions échangées, chacun aurait perçu la douceur de l'accord, une harmonie si installée entre eux depuis l'enfance d'Adam qu'ils auraient pu chacun terminer les phrases de l'autre. Adam analysait le travail de sa mère comme une exploration des abysses, un univers comme une cavité utérine dont elle ramenait à la surface des créatures mythiques, témoignant de l'indéfinition des premiers mondes engloutis. Il voyait en Médée une plongeuse obstinée, exhumant des grands fonds des formes naufragées, couvertes du lichen des obscurités marines, méconnaissables, comme les premiers temps inhumains de l'humanité, qu'elle restituait, révélant au regard l'étrangeté initiale de la création, grattant ponçant, liant ces créatures qu'elle installait dans des blocs de pierre creusés. Elle créait ainsi des abris pour ces très anciens vivants oubliés, organisant une réhabilitation de la mémoire archaïque pour celui qui regardait, pris dans le vertige de la stratification des mondes anciens et contemporains. Elle disait à Adam : "Ce sont mes réfugiés que je tente de replacer, comme je peux, dans notre monde avec les traces de leurs pertes, leurs errances, leurs univers dévastés. Nous sommes tous en instance dans le temps. Nous l'oublions, ou peut-être cherchons-nous à l'oublier le plus souvent."

Adam savait intimement que sa mère était une véritable artiste, non parce que son travail, exposé dans de nombreuses galeries de référence, avait intégré des collections prestigieuses à Madrid, Paris et très récemment à New York, mais parce que depuis l'enfance, il en portait la résonance intime, au point qu'il savait combien cette autre vie de Médée avait déterminé la sienne, faisant de lui ce jeune homme attiré par les mondes anciens, les organisations symboliques qui justifient des constructions humaines, questionnant les déterminismes collectifs. C'est ainsi qu'Adam était devenu professeur en anthropologie, spécialiste de la parenté au Maghreb, explorant le régime des alliances, les stratégies d'échange autour du corps des femmes et leurs liens avec les organisations sociales et politiques. Il était devenu très jeune un chercheur reconnu.

Elle serait allée assister au séminaire qu'il animait à la Maison des sciences de l'homme, arpentant nonchalamment dans la perspective de l'écouter, les rues arborées qui longent le jardin du Luxembourg, marchant d'un pas de plus en plus assuré sur le tapis des feuilles craquantes tombées des grands marronniers. Il n'y aurait pas de joie dans son cœur, mais une tristesse familière aurait remplacé la dévastation, et chaque journée écoulée aurait été un rempart contre la précarité intérieure. La nuit tombée, ils se seraient installés dans le séjour de l'appartement qu'il habitait, rue d'Assas, aux murs couverts de livres, et dans le large divan qu'elle lui avait offert lors de son installation, ils auraient écouté ensemble la voix écorchée de Billie Holiday, les variations de Stan Getz ou les invocations amoureuses d'Oum Kalsoum, parfois un concerto de Rachmaninov. Ismaïl serait devenu lentement le personnage d'une histoire qu'ils auraient partagée, disséquant à n'en plus finir les mois qui avaient précédé cet abandon incompréhensible, Adam aurait parlé d'une fuite, Médée cédant à la colère qui lui permettait de ne pas mourir de cette trahison aurait évoqué une terrible lâcheté, et Adam, le dos légèrement voûté, n'aurait rien pu répliquer.

Médée le sait, sa présence à Paris alourdirait son fils d'un poids impossible à alléger, mettant à mal l'amour qui l'unit depuis quelques mois à Sofia, si heureux quand il la leur avait présentée dans cette brasserie du boulevard Montparnasse, elle assise aux côtés d'Ismaïl, émue à l'idée de rencontrer la jeune femme, les cycles de la vie, "nous y sommes, ma chérie", avait répondu Ismaïl en écho à ses pensées, évoquant la première fois où lui-même avait organisé la rencontre de Médée avec ses propres parents. Ils étaient arrivés à Paris dans la matinée. Médée devait y retrouver le commissaire en charge de proposer une thématique autour de laquelle s'organiserait l'exposition éventuelle de son travail de sculpteur pour le musée d'art moderne de Beaubourg. Comment aurait-elle pu imaginer le voyage de ses enfants de pierre de l'atelier précaire sur le toit de la maison de Rabat jusqu'à l'espace solennel de Beaubourg ? Les sculptures de Médée naissaient d'heures dérobées à ses engagements d'épouse et de mère, toujours elle avait travaillé dans une urgence muette, entre deux courses, les exigences de ses filles adolescentes, les mille détails indispensables au confort d'Ismaïl, dont elle mesurait l'épuisement au terme de longues heures de tension penché sur le crâne ouvert de ses patients, maîtrisant ses gestes au millimètre près : les créatures endormies sur la table d'opération n'étaient pas de pierre mais de chair, et Médée n'avait jamais osé penser que son travail avait une quelconque légitimité au regard de celui d'Ismaïl. Elle n'avait rien prémédité, répondant à une urgence intérieure, une frénésie muette à faire advenir ce monde en elle, dont elle ignorait la provenance, ce long travail sur les figures constitutives des origines, mais aussi sur sa généalogie intime, exhumée, revisitée, explicitée par-delà les histoires dites, dans l'exploration têtue des mythologies familiales, un Olympe désacralisé, aux figures tutélaires malmenées par cette entreprise d'excavation poursuivie pendant plus de trente ans.

Médée se tourne vers son fils d'un coup, "va-t'en Adam". C'est elle Médée qui prononce ces mots avec une énergie inconnue d'elle-même, elle oppose à la douceur attentive de son fils sa dureté toute neuve, de quelle guerre immémoriale surgit-elle ? Lui aussi ne la reconnaît pas, il maintient face à sa mère son immobilité impassible, et Médée soudain enragée insiste, "va-t'en, mais va-t'en donc. Tu ne comprends pas que je ne veux rien ?" Elle lutte contre lui, cette tendresse offerte si dangereuse pour eux deux, elle pesant sur lui du poids de la dévastation, lui pris dans les rets de cet amour où gît toute la douceur des premiers liens. Médée lutte contre elle-même, la tentation de poser là le fardeau de la colère et du chagrin, de ne rien traverser, de devenir une vieille petite fille suffoquée de détresse, appuyée sur la manne de cet amour dont elle sait la sûre archéologie. Adam résiste, elle reconnaît là sa tendresse obstinée, elle ne veut pas croiser son regard qui lit à travers elle, qui saura voyager au-delà du rempart de la colère, et accueillir la souffrance de sa mère. Elle ne le regarde pas, têtue elle répète : "Mais va-t'en je te dis !"

Va-t'en, va-t'en, va-t'en, les mots le traversent, "Adam va-t'en, laisse-moi seule ce soir, j'en ai besoin tu m'entends", un besoin, une prière, une colère, une obsession, Médée s'arc-boute, raidie entre les bras refermés sur elle, "va-t'en, mais va-t'en, tu ne comprends pas que je ne veux rien ?" Elle se dégage, Adam resserre l'étreinte de ses bras, Médée lutte, l'énergie du désespoir, c'est ce qu'on dit, elle ne veut plus qu'une chose, là, cette solitude bienfaisante, grise comme la chambre étroite où elle va pouvoir mourir en paix, elle lutte et les chiens sont autour d'elle, non plus un mais plusieurs, une meute féroce, debout seule surplombant la falaise, "mais va-t'en, tu m'affaiblis", Adam interdit desserre l'étau de ses bras, elle ne désarme pas, "va-t'en Adam, va-t'en". Il se détourne et d'une voix étrange "je serai là demain matin, n'éteins pas ton téléphone". Il quitte la pièce d'un coup.

"Je cherche le silence et la nuit pour pleurer", est-ce un vers écrit par un poète, Médée ne sait plus, elle ouvre la bouche, sûrement Adam le sait lui, comme une noyée elle se tait, son fils n'est plus là, Samia jouant Chimène dans une représentation du *Cid* au collège, et elle, si fière, les mains serrées l'une contre l'autre tout le spectacle durant, Ismaïl n'était arrivé qu'après, au moment où une salve d'applaudissements éclatait, les jeunes comédiens saluaient gracieusement le public de familles émues, la voix de Samia et l'expression de son visage quand elle avait prononcé ces mots cent fois répétés avec sa mère : "Je cherche le silence…", un chuchotement, presque un souffle, et ces yeux qui erraient, confrontant la folie de l'impasse tragique où s'était enlisé l'amour des amants. Médée n'a jamais aimé le *Cid*, cette fausse tragédie d'un honneur de pacotille, une vie pour une gifle, vite, vite le duel qui permet d'assouvir le sale instinct de tuer, et Chimène l'idiote qui valide le crime d'honneur, acceptant l'explication de Rodrigue, si je n'avais vengé l'honneur de mon père, tu ne m'aurais plus aimé, elle l'aime parce qu'il exprime ainsi sa force virile, son sang chaud de Méditerranéen, par son glaive a péri son propre père, quelle plus probante démonstration de puissance ? Comment l'union devient-elle possible entre Chimène et Rodrigue, comment épouse-t-on l'assassin de son père ? Mais il y a ce vers magnifique, "Je cherche le silence et la nuit pour pleurer". Elle avait aidé Samia à trouver la scansion la plus juste, et avait renoncé, émerveillée par l'intuition de sa fille, sa voix si jeune éraillée à la fin du vers, cette manière qu'elle avait inventée de le suspendre trois fois : je cherche… le silence… et la nuit… pour pleurer.

Le silence, la nuit, mais elle n'est pas Chimène, elle est cette femme flouée, dupée, laissée… Médée porte les mains à ses tempes ; Adam a doucement refermé la porte de la chambre qui ressemble à présent à une cellule de prison, ou de moniale, mais le plastique omniprésent interdit l'élévation austère autorisée par les murs de pierre qui clôturaient la retraite des amantes de Dieu. Médée se souvient des marabouts blanchis à la chaux ponctuant les pistes menant aux douars du chef-lieu de Beni Karrish dans le Rif, où elle s'était rendue pour initier les enfants d'une école à la taille des pierres, au modelage de l'argile, le regard délavé du vieil homme qui l'avait guidée sur le chemin du retour, lui proposant une halte dans ce petit marabout solitaire à l'ombre d'un cèdre centenaire, et elle avait acquiescé, reconnaissante, pénétrant déchaussée dans le sanctuaire chargé de toutes les prières des femmes de la région… toujours ce sont les mères, les épouses, les filles, qui demandent l'intercession des puissances sacrées pour alléger les peines, faire advenir les vœux, comme si seules elles étaient en charge de l'intimité des êtres, des espoirs, des douleurs, tous mouvements de la vie. Le tombeau du saint était couvert de tissus chatoyants déposés en offrande, dissimulant la pierre et le bois, l'intérieur du marabout était si odorant que Médée croit encore sentir le parfum de résine. Enfin rescapée de l'aveuglante lumière de cette fin de journée – ce n'est que vers six heures que le soleil a capitulé, adoucissant l'impitoyable clarté de ce mois de juillet –, Médée a senti dans l'obscurité de ce lieu la paix qu'elle éprouvait chaque fois qu'elle franchissait le seuil des modestes écoles de campagne, accueillie par un instituteur passionné, soucieux d'ouvrir aux enfants les portes d'un monde plus large. Elle a toujours aimé ces ateliers initiés avec d'autres artistes, proposant trois ou quatre jours d'apprentissage aux enfants, offrant les outils, réussissant parfois à réunir les fonds pour construire une pièce adossée à l'école, ou à l'établi d'un menuisier ou d'un forgeron, dont l'instituteur gardait la clef, et qui restait à la disposition des enfants et des adolescents que le corps à corps avec la pierre rendait à eux-mêmes, libérant leur force créatrice. Médée adorait ces moments de partage, dans les prisons de femmes, les écoles au cœur des immenses bidonvilles à la sortie de Casablanca, El Haraouyine, Chichane, où un collectif d'artistes avait installé une association pour promouvoir les arts plastiques, inscrivant la création dans une démarche militante, faire surgir la beauté au cœur du désastre, là où les humains à l'abandon, installés à deux pas de "la poubelle américaine", la plus grande décharge de déchets de la ville tentaculaire, vivaient de la récupération de ces déchets, organisant un tri informel, vendant tant bien que mal aux ferrailleurs, aux chiffonniers, les trophées exhumés de ces pêches où ils s'embourbaient jusqu'aux cuisses dans les immondices putréfiées.

Immobile dans cette chambre qui est une ode à la laideur, elle se souvient du regard des enfants quand ils avaient ensemble lavé les objets informes, décomposés, récupérés au milieu de l'énorme déchetterie dont les relents nauséabonds l'accompagnaient longtemps après son retour chez elle, dans cette maison entourée d'un jardin, pleine des rires de ses trois enfants. Ils étalaient les objets récurés sur un établi de fortune, et commençaient ensemble à imaginer leurs histoires. Médée notait dans un carnet dédié les récits des enfants et des adolescents autour d'une semelle de chaussure, d'un pot de yaourt rongé par l'acidité de la décharge, d'un corps de poupée démembré. Puis venait le travail de réinvention de l'objet, son insertion dans une nouvelle histoire racontée ensemble, la lente élaboration de liens entre ces reliques d'autres vies, échouées sur cet établi lui-même improvisé, avec eux tous réunis dans une rencontre improbable pour créer ensemble un sens nouveau. Elle est aujourd'hui comme ces objets abandonnés, qui viendra la chercher dans ce labyrinthe faussement ouvert où elle a provisoirement élu domicile, lieu de toutes les destinations, d'où Ismaïl s'est envolé pour une vie nouvelle, sans elle, abandonnant sa femme de trente ans, la dédommageant grossièrement avec cette maison devenue inhabitable, l'emprisonnant ainsi sûrement dans son rôle de femme déjà écrit de mémoire d'homme, gardienne du foyer, même déserté, même vide, chacun des siens envolé vers une autre vie ?

Médée se détourne lentement de la fenêtre en trompe-l'œil, elle cherche sa valise du regard, l'effort pour l'ouvrir et en tirer sa trousse de toilette la laisse exsangue, à bout de souffle. Devant le miroir du lavabo de la salle de bains minimaliste, elle se dévêt lentement, son corps mince lui apparaît dans le miroir, le haut du buste écrasé par la lumière blafarde, une femme à la chair blême, les seins comme effondrés, hier elle en était fière, presque puérile dans la lumière dorée de la salle de bains aux zelliges vieil or, vérifiant leur courbe encore pleine, ce n'est plus le même corps, mais elle est tellement lasse que ce constat la laisse indifférente, qui est la femme sans âge en face d'elle, hagarde, elle porte la main à sa chevelure épaisse, miel profond, incongrue, encadrant le visage émacié sans expression. Ce corps soudain vieilli, dont la grâce s'est absentée, trop maigre, la peau fine détendue par endroits, pauvre vieille carne inutile… La douche est un carré blanc, clinique, séparé du linoléum gris par un rideau de plastique de couleur mastic, mais l'eau est chaude, Médée s'abandonne à la chaleur bienfaisante du jet, l'eau qui coule emporte avec elle l'effroi transi qui la paralyse, elle se laisse glisser sur le carrelage blanc, à genoux, elle finit par s'allonger en chien de fusil, la tête sur son bras replié, comme une morte, les chiens peuvent l'attraper, elle ne sent plus rien, enveloppée par la vapeur tiède, ils lui dévorent les entrailles, un festin sans pareil, elle les sent loin en elle, ce qui reste, une femme squelette, voilà elle est dévorée, enfin, plus aucune peur de rien, tout est là, la vieillesse, l'abandon, la solitude, elle est au bout de la route, tombée dans le précipice, l'eau coule sur son pauvre corps dévasté et c'est bon, les chiens repus s'éloignent un peu, mais parfois l'un d'eux arrache un lambeau de chair oublié, elle tressaille légèrement et les yeux fermés sur ses merveilleuses prunelles oublie jusqu'à la mémoire de cette femme qui s'est crue aimée.

Et la nuit semblable au jour

Ce que Médée voit, les yeux clos au long de cette première nuit dans la petite pièce suffocante… Nulle fenêtre à ouvrir sur la profondeur d'un ciel sans étoiles, elle a enfilé son pyjama de lin ajouré, vestige d'une vie glissée hors d'elle en une fraction de seconde, “je cherche le silence”, mais le silence est peuplé de son propre bruissement intérieur, c'est en vain qu'elle ferme les yeux pour s'abstraire, chasser les images qui affluent avec une continuité harassante, où est Ismaïl, parti vers quelle illusion, quel éphémère enchantement… Comment part-on ainsi, souvent elle a imaginé une autre vie, quand elle l'attendait dans une aride solitude, tout était urgence alors, sauf elle et elle avait creusé sa vie jusqu'à la lie, repoussant sans cesse les limites d'une patience, d'une abnégation dont elle se serait crue incapable à vingt ans.

Il avait posé les mains sur les statuettes d'onyx dans l'atelier qu'elle partageait avec Juan à Tanger, lorsqu'elle revenait chez ses parents pour les vacances universitaires. Elle avait recouvert d'un drap un masque en résine, translucide, yeux fermés, bouche ouverte, il avait tranquillement fait glisser le drap, "mais c'est toi, là…", une évidence, la voix assurée aux intonations graves, elle n'avait pas répondu, un idiot, voilà ce qu'elle avait pensé, ils s'étaient échappés d'une fête donnée par les parents de Médée pour célébrer les fiançailles de sa sœur aînée, Lilia. Ismaïl était un ami de Sadreddine, et Lilia avait glissé à sa jeune sœur en riant : "Il n'est pas mal, tu ne trouves pas ? Si je n'aimais pas Sadr, j'aurais craqué !" Médée avait haussé les épaules, dédaigneuse, un carabin à l'humour facile, un peu fat, voilà ce qu'elle avait pensé alors, devant la joie ouverte d'Ismaïl. Sa mère lui avait apporté le matin de chez la couturière ce caftan tunique perlé ivoire et vieil or, la soie du vêtement contre son corps fin, le jardin parsemé de tables dressées, l'orchestre en contrebas, dos à la mer, on pouvait apercevoir la pointe du détroit les jours les plus clairs, les vieux chants d'amour tangerois disant la douceur et la douleur d'aimer ensemble, toujours l'évocation de l'exil d'amour. Son père avait frappé dans ses mains, exigeant des airs pour danser, les bendirs levés haut par les tantes paternelles, l'orchestre avait soutenu le rythme des percussions, folie de la musique chaâbi qui emporte les corps soudain animés par une scansion irrépressible. Médée assise sur la vieille balancelle souriait et battait du pied en cadence, il s'était assis à côté d'elle, "je peux ?" Sans attendre sa réponse, ébranlant du poids de son corps le mouvement subtil imprimé par celui souple et fin de Médée, et elle l'avait observé du coin de l'œil, agacée par sa désinvolture, son assurance. Il s'était tourné vers elle, déséquilibrant de nouveau le mécanisme huilé de la balancelle. Elle avait posé au sol la pointe de son pied chaussé d'une sandale dorée pour adoucir les conséquences de ses gestes brusques. Il avait souri soudain timide, conscient de sa gaucherie. "La beauté produit d'étranges effets sur les hommes. On ne peut pas ne pas être intimidé, et on devient bête. Rien n'est prévu en nous pour l'accueillir comme il faudrait." Elle n'avait pas répondu, occupée à caresser le chat de Lilia grimpé souplement près d'elle. Il avait poursuivi : "J'essaie de penser à l'amas d'organes derrière cette harmonie, ce qu'il y a comme cellules, liquides, artères et j'en passe, c'est ma stratégie pour ne pas être débordé par la beauté d'un être humain quand elle me prend les tripes… mais là, ça ne fonctionne pas", avait-il avoué avec un faux désespoir. Médée l'avait écouté, soudain attentive : "Tu fuis la beauté, tu t'en défends, moi je la traque, je l'exhume, elle apparaît souvent où on ne l'attend pas, au cœur de ce qui est informe, détruit ou abîmé, hors d'usage… Ce qu'on ne voit même pas… qui demeure invisible pour l'œil seul, quand il n'est pas guidé par l'esprit et l'intuition de ce qui organise son apparition. En nous, pas hors de nous… L'intuition de la beauté, pas son évidence." Ismaïl était resté silencieux puis, s'était défendu : "Je n'ai pas peur de la beauté, peut-être du pouvoir d'une femme. La beauté d'une femme est redoutable quand elle nous atteint, on ne peut se défaire du besoin qu'elle suscite en nous de la retrouver encore et encore. Mais aussi de se défaire de cette emprise, de ce lien qui se ramifie, qui nous attache et dont elle n'est plus que le premier prétexte tant il prend de visages différents."

L'avait-elle entendu alors ? Elle tente de retrouver, là, cet état d'indifférence heureuse, le moment où elle l'avait guidé jusqu'à l'atelier aménagé par son père de l'autre côté du jardin, épargné par la fête. Il l'avait suivie jusqu'au muret qui séparait l'ancienne resserre de la maison, elle avait poussé la petite porte aménagée dans la pierre et ils étaient entrés à la suite l'un de l'autre dans l'espace sombre puis soudain éclaboussé de lumière quand elle avait ouvert les battants des anciens volets d'un geste ferme. Ismaïl avait cligné des yeux, ébloui par la clarté qui dévoilait sans ménagement les créatures surgies des limbes. Il avait déambulé entre les blocs de marbre poli, mi-lisses mi-bruts, les créatures semblaient s'arracher à la pierre dans un effort rendu sensible, opposant à l'inertie du marbre, du grès, de la roche, leur mouvement saisi dans son surgissement. Sur l'établi de bois étaient posées de longues et fines statuettes de résine, liées les unes aux autres par du fil de pêcheur, des bandelettes de tissu effilochées ; à l'angle droit sur la table un couple gisait, ligoté dans un enchevêtrement de liens d'acier, entre eux une petite figure ébauchée. “Un enfant ?”, avait demandé Ismaïl d'une voix mal assurée, pris à la gorge par la complexité d'un univers dévoilé au premier regard, le cœur happé par cette jeune femme à la grâce fragile démentie par la tension des œuvres qui le détournaient momentanément de la beauté mouvante du visage de Médée. “Oui”, avait répondu Médée, sereine.

Elle se souvenait avec précision de ce moment-là, où Ismaïl était déjà submergé par la vague puissante d'un sentiment qui l'avait envahi, où elle était encore libre, face à lui qui se débattait avec ce qui avait parlé en lui, prenant corps dans un désir si entier qu'il s'était appuyé à l'établi pour reprendre son souffle. Elle l'observait debout à deux pas, peut-être trois, de lui, et elle pouvait encore ne pas vouloir. "Je te connais depuis toujours, n'est-ce pas ?", avait demandé Ismaïl, et c'était moins une question qu'une sorte d'affirmation, une demande de confirmation de sa part à elle de ce qu'il sentait alors comme la seule explication possible au curieux sentiment d'extrême familiarité qui le liait déjà de manière définitive à cette jeune fille rencontrée deux heures plus tôt, entraperçue d'abord dans le tournoiement de son long caftan ivoire, seule dans le jardin aménagé pour la fête, qui dansait sur la pelouse fluorescente, bras levés, flottant au soleil, ses longs cheveux miel ramassés en une coque soyeuse sur la nuque, dont quelques mèches échappées caressaient la joue délicate. Ismaïl était entré par la porte de service dans la maison aux baies vitrées grand ouvertes, et immobilisé sur le seuil de la terrasse il avait vu Médée pour la première fois, troublé par la liberté de ce jeune corps bondissant, la vie même, cette silhouette blanche et or contre le ciel bleu de Tanger, à l'opposé des rangées de jeunes gens aperçus appuyés contre le mur clôturant le port de la ville, adossés dans une immobilité minérale, regardant au loin, les "hittistes", avait dit son ami Jawad, Tangerois venu assister lui aussi au mariage de Sadreddine.

Il désignait ainsi, avait-il expliqué à Ismaïl, cette partie de la jeunesse du Nord sans avenir, sans travail qui avait abandonné tout espoir et toute illusion de pouvoir un jour vivre une vie décente dans leurs villes, sur leur terre. Le dos contre ce mur, ils regardaient de l'autre côté du détroit vers l'Europe, grossissant pour les plus téméraires d'entre eux le lot des rêveurs désespérés embarqués sur les pateras, à la merci de passeurs plus ou moins expérimentés, pour une traversée qui rappelait moins le voyage d'Ulysse que le radeau de la Méduse. Sur l'établi de Médée, il y avait, épinglées sur les épais rebords en bois brut, des photographies de femmes à la taille épaisse, coiffées du chapeau rifain, les femmes mulets avait expliqué Médée, celles qui remplissent leurs ceintures de marchandises illicites, souvent du haschich, et passent la frontière pour revenir non moins chargées de produits de contrebande écoulés sur le marché local. Des guerrières en lutte pour nourrir des familles entières, comme celles qui migrent en été ou au début de l'automne en Espagne, vendant leur force de travail pour la cueillette des tomates ou des fraises, et dont les clichés voisinaient avec ceux des femmes fagots descendant le long des routes du Rif harnachées d'une botte de bois si haute qu'on ne voyait de dos que leur fardeau, et dessous les pans de leurs vêtements rayés rouge et blanc. “Et les hommes ?”, avait demandé Ismaïl. Médée avait ri, le jeune homme avait saisi la main qui lui tendait un cliché représentant un homme dans la force de l'âge assis sous un figuier centenaire, une cigarette de haschich au coin de la bouche, les yeux clairs noyés dans un vertige tranquille. Médée s'était doucement dégagée “viens, avait-elle dit, allons-nous-en”, et elle avait refermé les volets, plongeant les créatures de pierre ou de résine dans l'obscurité. Ismaïl était resté immobile, le cœur battant, fixant la jeune fille avec une telle intensité qu'elle s'était tournée vers lui en laissant pénétrer un flot de lumière par la porte ouverte de la resserre, s'effaçant pour le laisser passer. Mais lui s'était immobilisé en face d'elle qui le regardait, les yeux heureux. “Tu as les yeux violets”, avait-il murmuré, foudroyé. Elle avait refermé la porte et ils avaient traversé le salon par l'autre entrée pour rejoindre lentement la foule joyeuse.

Ce qui occupe Médée, échouée sur ce lit étroit, c'est la mémoire de ce moment où elle avait franchi le seuil de son désir à lui, où elle était devenue soudain sensible à cet homme, un étranger jusque-là, au point d'en faire le point de convergence de tout cet amour, cette ferveur de vie qui la traversait comme des vagues depuis qu'enfant, elle avait la première fois ressenti consciemment la beauté du monde en dehors d'elle.

Elle se souvient de la lumière de cette journée d'été qui déclinait, concentrée en une boule liquide et dorée dans laquelle flottaient des filaments transparents, faisant chatoyer les couleurs d'un tapis de soie mordoré, aux entrelacs complexes. Ses parents riaient avec leurs amis dans la pièce où la voix d'Oum Kalsoum chargeait cette fin d'après-midi d'une sensualité lasse. Son cœur avait grossi au point d'occuper toute sa poitrine, et pour la première fois, elle avait senti ce que vivre veut dire, cette douceur d'être là, assise sur la marche qui séparait le salon marocain au plafond de cèdre sculpté, aux divans profonds tendus d'une soie sauvage de la couleur du safran, du reste du séjour meublé de larges canapés italiens aux lignes épurées faisant face à la terrasse et au jardin qui descendait vers la mer au loin, – elle avait alors cinq ou six ans au plus, mais la mémoire est une marâtre capricieuse, qui ramène à la surface de la conscience des territoires que l'on ne savait même pas perdus jusqu'au moment où ils affleurent sans crier gare. Ce dont Médée est certaine, c'est qu'elle avait connu là, au tout début de sa vie, sa première expérience de l'étrange beauté du monde dans une communion étroite qui l'enveloppait d'une bulle de joie si légère qu'elle avait senti tout son corps flotter, comme débarrassé de la pesanteur, ses petits pieds chaussés de cuir bleu posés sur le sol, et pourtant il y avait en même temps que leur vue cette sensation grisante de n'être plus rien que cette bulle de lumière caressant la soie du tapis, rayonnant autour de son centre épars.

Dans le même temps, elle avait commencé à voir vraiment les autres êtres humains non plus comme des dieux lointains ou des excroissances de sa propre existence mais dans leur incarnation spécifique ; elle avait d'abord vu les mains de sa mère, croisées sur ses genoux, à hauteur de son regard d'enfant, longues avec des ongles bombés couverts de laque rouge pour certaines occasions, son cou dont la chair se plissait quand elle penchait la tête vers la droite, dans une posture familière, la chevelure épaisse coupée aux épaules, aux boucles détendues enrichies de fils argentés dès la petite enfance de Médée, la peau claire, lisse jusque sur les pommettes larges… Toujours elle avait entendu louer la distinction de sa mère, sans vraiment comprendre comment cet ensemble d'attributs spécifiques qu'elle percevait très précisément s'organisait pour produire cette abstraction qui semblait définir Faïza avec une telle unanimité : elle a une distinction folle, disaient les amis de ses parents. Puis les visages et les corps avaient pris sous son regard une étrange densité, les mains charnues, piquées de taches de rousseurs de Mina, quand elle étalait la pâte dans la poêle, la saveur du jus d'orange versé sur les crêpes fondantes inséparables dans le souvenir de Médée de l'odeur de savon de Marseille du tablier de Mina mêlée à celle du jasmin planté en face de la cuisine, grimpé jusque sur le haut mur séparant la maison de ses parents de la propriété voisine cachée par les eucalyptus et les chênes, mais aussi les frondaisons odorantes du mimosa en été. Le corps de Mina contre lequel elle se réfugiait enfant pour échapper aux brusques colères de Faïza était rond, plein de confortables replis, elle posait sa tête sur la poitrine ample et Mina caressait ses cheveux épars dans son dos, avant de sortir d'une petite trousse une brosse de plastique rose, ronde, dont les picots zébraient le crâne de Médée, elle en était certaine alors, Mina empoignait sa chevelure démêlée et l'enserrait à l'aide d'un élastique enveloppé de velours rouge ou bleu au sommet de sa tête en une queue dorée. Il y avait le visage buriné de Ba Ahmed, le jardinier, tanné par le soleil et une vie de grand air et de labeur dans les vastes jardins des maisons du cap Spartel dont il entretenait la foisonnante végétation à longueur d'année. Sa peau semblait un cuir poli par le temps, strié de longues lignes plus claires proposant au regard de Médée enfant un entrelacs indéchiffrable, si opposé aux profondes rides qui creusaient le visage de son père de part et d'autre de sa bouche aux lèvres pleines, les creux sous les larges yeux gris… Grimpée sur ses genoux, Médée explorait la géographie du visage qu'animait un sourire quand la main de l'enfant s'attardait sur le nez aquilin, le front haut sous le désordre de la chevelure châtain.

C'est ainsi qu'elle a regardé Ismaïl la première fois, quand il a pris la parole pour raconter la rencontre de son ami avec Lilia, il avait tout de suite compris que c'en était fini de leur camaraderie de célibataires, inaugurée sur les bancs de la faculté de médecine, poursuivie au long des concours et des stages, puis d'une spécialisation en neurochirurgie menée ensemble. La rencontre de l'âme sœur marque la fin du compagnonnage des hommes avait-il confié avec humour, à moins de gagner la confiance de l'intruse, ce qui avait nécessité des trésors de psychologie pendant de longs mois, avait-il avoué, et Lilia avait ri avec lui. Médée n'avait pas ri, insensible au charme rayonnant du jeune homme dont elle avait déjà noté la ressemblance avec certaines figures de la statuaire grecque, les proportions du visage, les yeux larges et écartés, surmontés de sourcils épais, le nez très droit inscrit dans le prolongement du front, la bouche charnue au dessin volontaire, et surtout les mains admirables, des mains de statue, qu'elle avait photographiées mentalement pour un usage ultérieur dans la paix retrouvée de son atelier.

À ce moment-là, Ismaïl était pour elle un jeune homme comme les autres, alors qu'elle était déjà pour lui une jeune fille à part, mais son trouble manifeste l'avait emplie d'une joie légère, l'avait attendrie au point qu'elle lui avait ouvert la porte de son atelier, dans un désir de partager avec lui cette griserie de la pierre et des outils, après qu'il lui avait confié ses doutes sur son métier de chirurgien, “je me fais l'effet d'un apprenti sorcier… De quel droit courons-nous de tels risques, nous les neurochirurgiens, avec les facultés de nos patients, les sens, la mémoire, le langage, il suffit d'un geste moins précis…” il avait écarté ses doigts avec une sorte d'émerveillement anxieux. Le jeune homme solaire avait laissé la place à celui au regard soudain voilé, le front barré d'une ride verticale, qui évoquait le cas de cette toute jeune fille opérée la semaine passée d'une tumeur cérébrale, et qui s'était éveillée sans voix. C'est sans doute à ce moment précis que Médée avait imaginé lui ouvrir son atelier, de quel droit arrachait-elle au monde pour l'y replacer transformée cette matière qui prenait une autre forme sous ses mains à elle, enfantant inlassablement des créatures de pierre, de résine, de bois, d'acier et de verre, enchevêtrant entre elles des liens si ténus, si puissants qu'elle les ligotait les unes aux autres, pour soudain les arracher et ne retenir que la forme de leur exil ?

Elle ne sait plus avec certitude, sur ce lit, si elle était alors libre face à lui, si cette décision de lui donner à voir son monde en réponse à l'expression confiante de sa vulnérabilité n'était pas déjà le prélude à ce qui allait suivre, ce fil tendu entre eux plus sûrement qu'aucun mot, un désir si entier qu'il leur couperait le souffle pendant plus de trente ans. À la question d'Ismaïl, posée crûment, “je te connais depuis toujours, n'est-ce pas ?”, par laquelle il lui exposait sans détour ce qui s'imposait à lui, sa présence à elle en lui si définitive qu'il lui était presque impossible de concevoir que rien ne les liait avant cette rencontre, elle n'avait pas répondu, parce que, croyait-elle, elle n'avait rien reconnu en lui qui eût ainsi résonné en elle comme l'aurait fait la mise en branle d'une mémoire immémoriale, enfouie, qui aurait pour elle aussi justifié la brutalité d'un sentiment d'intimité pas encore vécue, mais dont le désir aurait creusé dans le présent, cet instant tremblant dans la lumière de l'atelier de Médée au milieu des créatures de pierre gisant couchées ou érigées et recouvertes de vieux draps aux teintes passées, une évidence inscrite en elle depuis toujours. Aujourd'hui c'est elle qui gît sur ce lit aux draps fades, dans cette chambre prévue pour abriter les corps de voyageurs en transit, tournés vers de lointaines destinations, et son corps, froid comme les pierres qu'elle creuse, abrite la masse lourde et noire de l'absence où il l'a plongée.

L'obscurité de la chambre est troublée par les clignotements incessants du téléphone cellulaire qu'elle a machinalement posé sur la table de nuit en plastique gris. Adam appelle, évidemment, mais aussi Aya, sa sœur Lilia, et leur frère Kayss. La nouvelle de son abandon s'était répandue, déjà cette histoire appartenait aux autres, elle leur échappait à tous les deux, devenant ainsi aussi définitive que ce qui est inscrit dans la pierre et que seules les guerres et leur violence barbare viennent anéantir. Les prunelles blessées, Médée a constaté l'absence d'appels de Samia. Son esprit errant s'est arraché pesamment à la remémoration des premiers signes de l'amour.

Qu'a-t-elle manqué avec sa fille aînée, comment la fusion si pleine de Médée avec son enfant s'est-elle transformée en ce lien tendu, lourd d'incompréhension si bien que Samia ne peut dans ce moment précis esquisser un geste vers sa mère sans se trouver elle-même en péril ?

Un sanglot monte, Médée le contient, appuyant des deux mains sur sa poitrine, refoulant la houle qui menace de tout emporter. Qu'y a-t-il en elle qui éloigne ce qu'elle aime le plus, que n'a-t-elle pas su donner, tisser, qui aurait pu les sauver de cette destruction ?

Dès qu'elle avait senti ses seins plus tendus, elle avait su que son corps abritait une autre vie que la sienne. Elle avait prévenu Ismaïl, fou de joie, et ils avaient ensemble bercé cet enfant dans leurs cœurs unis. En même temps que l'arrivée de l'enfant, Médée préparait sa première exposition, travaillant sans relâche dans l'atelier où elle se rendait chaque matin dans le 13e arrondissement de Paris, partageant avec d'autres un ancien bâtiment frigorifique, pour lequel elle payait un loyer modique en échange d'un espace où certaines sculptures monumentales, exigeant des alliages complexes de matériaux, trouvaient leur place. C'est au cours de cette grossesse, que son corps avait accueillie avec une énergie nouvelle, sans aucun des désagréments anticipés par le médecin lors d'une première consultation, qu'elle avait conçu ce couple de pierre, chacun des amants enchevêtré dans un cocon de résine consolidée, unis dans une étreinte qui joignait les coques disloquées au point de rencontre, les mains de l'amant posées sur la bulle protectrice qui enveloppait l'amante, ses mains à elle caressant sa coque à lui, et dans la transparence résineuse, la tension de leurs membres étirés dans ce désir de fusion. C'est grâce à Samia, disait-elle souvent, qu'elle avait mis au monde cette sculpture déclinée ensuite sous d'autres formes, encore et encore, qui lui avait ouvert les portes de la reconnaissance de son art. Elle avait ensuite ligoté les amants de mille liens, de cordes, de tissages, de branches noueuses, elle les avait enserrés de treillis d'acier, de nylon, de laine brute, et de plastique tricoté comme une housse joignant les deux bulles partiellement détruites par l'élan de la jonction d'amour. C'est au sixième mois de la grossesse, quand son ventre à peine saillant avait arrondi son corps, qu'elle avait délaissé provisoirement la série des couples pour entamer cette sculpture classique, en marbre blanc, si modeste qu'elle tenait dans les deux mains refermées d'Ismaïl, la mère et l'enfant ; toujours elle avait refusé de s'en dessaisir, et à cet instant où les larmes coulaient enfin sur ses joues froides, c'était la pensée de cette statuette transportée partout avec elle tel un fétiche qui la faisait pleurer, la solitude de cette mère de marbre blanc sans une veine pour signaler une fêlure, un doute, une minuscule infraction dans le lien du commencement du monde, abandonnée aujourd'hui dans la maison déserte de Rabat, dans cet atelier fermé avec une telle légèreté. Elle avait rangé ses outils la veille de son départ, balayé le plancher, clos les volets, abandonnant, pour quelques semaines croyait-elle, cet univers si familier que son esprit et ses sens ensemble y voyageaient sans entraves. La mère et l'enfant de marbre pur étaient restés posés sur l'établi large, en bois brut, qu'elle avait installé dès l'aménagement de cette pièce modeste.

Elle avait refusé, des années auparavant, la proposition généreuse d'Ismaïl, un bel atelier spacieux dans le jardin, ouvert sur les massifs désordonnés de rosiers de Marrakech, de cosmos bleus et de rhododendrons, lui préférant cette pièce sur le toit, installant son travail dans une sorte de légitimité minimale, comme si cette semi-clandestinité pouvait diminuer aux yeux des siens l'importance vitale de ces heures passées à penser ou à creuser dans la pierre ces étranges créatures qu'elle enfantait loin d'eux. La seule activité pleinement légitime aux yeux de tous, alors, était celle d'Ismaïl, qui rentrait épuisé par les longues heures passées au bloc opératoire, mesurant au millimètre les gestes minutieux dont dépendait la vie du patient qui s'abandonnait dès le moment où il franchissait le seuil de l'hôpital.

Comment Médée avait-elle appris à considérer son propre travail comme une sorte de privilège qui lui était accordé par les siens, un temps volé sur celui qu'elle leur consacrait sans compter ? Et dans sa tête, pendant qu'elle accomplissait les tâches quotidiennes, s'occupant du bien-être de tous jusque dans les moindres détails, attentive, dévouée, grandissait l'appel de la petite pièce calme et lumineuse, le moment où elle retrouvait, exsangue, mais pleine de l'étrange ivresse de ceux qui existent ailleurs que là où ils sont supposés croître et contribuer à la construction de la communauté, ses gestes sûrs à elle, cette évidence des formes et des matières, de leur alliance, la plénitude de cet accord qui la soustrayait à tout ce qui n'était pas nécessaire à la naissance de ce monde inlassablement enfanté ? Il lui fallait accepter aujourd'hui, dans cet étrange moment de sa vie, où plus rien ne ressemblait à ce qu'elle avait cru percevoir et construire jusque-là, que sans doute cette pièce là-haut sur le toit et ce qui s'y tramait avaient pesé sur eux tous, si lourdement que Samia et Ismaïl préféraient l'exclure de leurs vies, ou tout au moins Samia entendait limiter leur relation au strict minimum exigible entre une mère et sa fille.

Médée, dans une sorte de lucidité fiévreuse, assistait impuissante à la marche de son esprit, occupé à présent à revisiter l'histoire de son passé, de sa famille, racontée si intimement en son for intérieur qu'elle l'avait crue intangible, gravée dans le marbre. Cette histoire-là, qu'elle connaissait par cœur, déroulait le conflit sourd qui opposait son aînée à sa mère comme une des multiples expressions de la problématique vieille comme le monde des filles aînées liées à leur père par un amour exclusif. Mais ce qui s'imposait à Médée, c'était une nouvelle lecture de l'histoire, où la complicité d'Ismaïl et Samia ne tenait pas tant à leur lien privilégié qu'à un malaise semblable face à cette autre vie de Médée, vécue au-dessus de leurs têtes, cette cohabitation silencieuse qu'elle leur avait imposée avec ses autres enfants de marbre, de bois, de fer, dans une discrétion et une abnégation réelles, qui interdisaient l'expression de leur malaise devant un univers qui déployait dans l'espace l'enchevêtrement des liens de pierre, renvoyant immanquablement chacun d'entre eux au questionnement de leurs propres liens avec la femme aimante, tendre et dévouée, qui vivait obstinément une seconde vie tourmentée, forcément issue de celle qu'elle organisait soigneusement pour eux.

Ainsi rendue à elle-même dans cette chambre nue, Médée déchirait un à un les voiles qui lui dérobaient le sens de sa propre existence, elle découvrait l'espace étroit qu'elle s'était elle-même assigné, endossant en même temps que l'amour d'Ismaïl tous les sacrifices de l'amour, mettant en balance l'expression de son art comme la preuve définitive de son attachement à cet homme violemment épris.

Jamais Ismaïl n'avait demandé à Médée de renoncer à ce qu'elle était, jamais elle n'aurait consenti.

Mais c'était l'expression quotidienne de l'amour, la conscience de tous les besoins d'Ismaïl, de l'ampleur de ses responsabilités qui avait conduit Médée à anticiper ses besoins, organisant leur vie autour des urgences qui caractérisaient la sienne, dans un élan de générosité sans calcul. Elle le regardait partir chaque matin, après les baisers échangés fiévreusement il lui racontait ses doutes au cours de ses nuits d'insomnie, le sentiment qu'il avait parfois d'intervenir sans certitude, de jouer un jeu dangereux : mais aussi l'ivresse secrète de la bataille menée chaque fois, le sentiment unique de puissance et de joie quand les patients s'éveillaient intacts, sauvés et reconnaissants. Ismaïl admettait dans un rire humble : "Je suis dépendant, je le sais. La chirurgie est une drôle de drogue, j'ai besoin de ce défi quotidien, de l'équipe autour de moi, du sentiment de tout risquer, et de tout gagner." Il avouait aussi à Médée : “Tu es mon talisman. Tu apportes la chance.” Ces mots la faisaient pénétrer de la manière la plus radicale dans son univers, lui assignant un rôle de veille ; c'est du moins ainsi qu'elle avait répondu à l'amour fervent qu'Ismaïl lui témoignait dès qu'il échappait aux couloirs de l'hôpital, rendu à son autre vie, “la meilleure”, disait-il. C'était cette vie qu'il avait choisi de quitter en l'abandonnant ainsi, de la manière la plus brutale possible, retournant contre elle le scalpel qu'il maniait avec une précision coupante, entamant sa chair et son esprit d'un geste sûr, sa main n'avait pas tremblé, il avait rompu d'un coup le lien qui les attachait et qu'elle avait fini par croire intangible.

Des mots erraient à présent à la lisière de sa conscience, ceux qui l'avaient glacée quand jeune femme, enceinte d'Adam, elle avait entendu un journaliste évoquer au cours de la première attaque militaire contre l'Irak “des frappes chirurgicales”, comme si la puissance de déflagration des bombes utilisées pouvait être circonscrite strictement à leur effet escompté. Ce n'est que bien après la folle justification des crimes de guerre par cette locution efficace – elle-même en gardait le souvenir horrifié – que les médias européens avaient semblé découvrir l'étendue des pertes civiles, une autre manière pudique d'évoquer les morts innocents. Elle savait maintenant, gisant à moitié morte sur ce lit de fortune, assistant, spectatrice impuissante, à l'errance de sa conscience, de son imagination, de sa mémoire, échappées à tout contrôle, que la déflagration de cet abandon allait emporter tous les efforts ténus, patients qu'elle avait déployés dans leur maison de Rabat, pour créer autour d'eux et de leurs trois enfants ce foyer chaleureux et vivant auquel chacun continuait d'appartenir autrement.

Mais au fond, ce qui occupait Médée, tandis que son corps se défaisait dans la nuit qui la cognait, c'était la certitude d'avoir consenti à sa propre défaite. Elle était devenue avec une sorte de bonheur cette femme archaïque, organisant ses renoncements en échange d'une plénitude sentimentale, sexuelle, pour appartenir croyait-elle, à cet homme dont elle avait imaginé le désir éternel ; Médée savait bien, elle avait toujours su, obscurément, qu'elle jouait un jeu dangereux pour elle-même, elle avait intuitivement anticipé la fin de ce lien menacé par toutes les excroissances de leurs corps joints, puis disjoints, l'anéantissement du désir dans la trame des jours, des odeurs de lait, de nourriture, de lessives, la maison où ils avaient abrité leur famille comme une matrice broyant subtilement la tension de leur amour, la certitude des retrouvailles chaque soir dans le lit devenu conjugal, puis familial.

Mais comment Médée avait-elle mis en place ce système, cet atelier de fortune sur le toit de leur maison comme une annexe quasi clandestine, avec les escaliers de fer aménagés, organisés par paliers, pour monter les blocs de marbre bruts, puis les descendre une fois transformés selon cet imaginaire inépuisable, prolifique, qui jaillissait selon une temporalité qu'elle ne maîtrisait qu'en apparence ? Si aujourd'hui elle considérait cette organisation de sa vie passée comme une mise en ordre, le fruit de sa volonté, consciente ou inconsciente, de donner des gages à cet homme devenu si vite le centre de son monde – et c'était pour elle une évidence, en cet instant où elle entamait la "traversée des apparences" pour reprendre la trouvaille de cette folle Virginia, penchée comme elle sur la manière dont les mots organisent la masse informe des perceptions –, elle n'aurait su dire comment elle était passée de la nonchalance avec laquelle elle avait considéré le désir manifeste qu'il avait d'elle à cette sorte de positionnement légèrement en retrait où elle vivait comme la discrète cheville ouvrière de sa réussite à lui.

Médée ne minimisait pas pour autant le souci qu'Ismaïl avait pris soin de manifester pour son travail, investissant parfois l'atelier pour la regarder transformer la pierre, rarement à vrai dire, et Médée se sentait alors retenue par des rets invisibles, ses gestes moins précis – mais surtout informant avec une joie indéniable leurs amis de tous les succès de Médée, prompt à s'émerveiller devant chaque créature de marbre, de bois, de terre, d'acier ; et souvent, quand il découvrait une nouvelle version du couple où chacun des partenaires, prisonnier d'une coque gélatineuse, ou dure et transparente, tentait de se lier dans un élan impossible à l'autre qui tendait aussi vers lui son corps vibrant, il serrait contre lui sa femme avec une sorte de désir âpre, enfermant dans ses mains son crâne enveloppé de la masse des cheveux soyeux, froissant sa blouse dans une excitation inquiète, "tu sens ma peau mon amour ?" Elle acquiesçait sans parole, les yeux fermés puis ouverts, "dis-moi que tu me sens comme je te sens". Toujours il avait exprimé cette inquiétude, ce souci de la réciprocité du désir d'intimité. Il n'empêche que Médée ne comprenait toujours pas comment elle avait basculé jusqu'à devenir l'initiatrice d'un monde tournant autour de la figure centrale d'Ismaïl, la maison aux larges baies vitrées où ils accueillaient leurs amis offrant pour eux tous un refuge prospère, elle, lui, leurs trois enfants, mais aussi leurs familles souvent reçues à bras ouverts, avec une hospitalité si simple en apparence, mais si complexe à mettre en œuvre. Le salon ivoire aux tissus brochés de motifs passés prune et jaune avait fini par s'affaisser légèrement sous le poids des corps affalés des amis adolescents de Samia en particulier, qui investissaient l'espace familier avant de monter à l'étage, laissant la place aux amis d'Ismaïl et Médée débarqués en fin de semaine, sirotant en été des bières douces. Médée disposait sur les tables basses, à l'ombre de la terrasse, des assortiments variés de salades, tapas et petites grillades, veillant au bien-être de tous. Ismaïl se délassait enfin, la ride verticale qui barrait son front durant la semaine s'estompait, sa voix profonde emplissait l'espace, et parfois, au milieu de la liesse de ce partage apparemment orchestré sans effort, dont elle seule mesurait le coût en temps et en vigilance, leurs regards se croisaient, le sien s'attardait sur elle, plein d'une tendresse telle qu'elle se sentait comme régénérée.

Il y avait alors une gratification infinie à le savoir heureux par ses soins, et elle s'interrogeait, dans la conscience de cette faille où il les avait plongés tous, elle la première, sans espoir de réparation aucun, elle le savait déjà, sur la puissance de ce nouveau désir qui l'avait emportée tel un fétu de paille, aussi fort que celui qu'il avait ressenti pour elle durant ces trente années, plus sans doute puisqu'il avait effacé d'un revers de la main les liens si tendus, ténus, ramifiés que le partage d'une vie tisse autour des amants qui installent leur amour dans la succession des jours.

Médée fracassée, allongée béante sur ce lit anonyme, dans cette chambre où avaient reposé les corps de voyageurs fourbus, et dont la pièce grise ne gardait aucune trace, pas plus qu'elle ne garderait les traces de sa présence à elle quand elle l'aurait quittée elle ne sait pour quelle improbable destination, ne peut se figurer Ismaïl enfui le cœur léger. Elle imagine au contraire son tourment, la tempête qui l'a secoué tous ces derniers mois passés auprès d'elle, luttant contre le raz de marée qui a finalement tout dévasté, du moins leur vie ensemble telle qu'elle se l'était représentée. C'est pour elle, alors même qu'elle est délaissée, une peine supplémentaire de penser qu'il n'a pu s'ouvrir à elle, lui dire son désarroi, dans un souci de protection sans doute, comment dire à la femme qu'on aime exclusivement depuis trente ans qu'on est harassé par le désir d'une autre, ligoté, envahi… qu'aurait-elle pu faire ou dire qui aurait renversé le cours des choses ? Médée ne peut imaginer le visage de cette autre pour laquelle Ismaïl a rompu les amarres avec une violence qu'il a jugée salutaire, mais au moment où la colère devrait l'envahir, submergeant toute autre émotion, elle ne recueille que ce sentiment d'infinie désolation, une sorte de tristesse vide, presque neutre, à la pensée que cet homme qu'elle avait cru sien s'était trouvé si seul qu'il avait fait ce qu'il savait faire avec la plus grande sûreté, trancher dans la chair pour extirper ce qui gangrène la vie, l'étouffe, la menace, avec la conscience aiguë du risque d'amputer les facultés de vie qu'il souhaitait préserver.

Elle connaît par cœur l'expression de son visage fatigué, soudain intense, resserrée autour de la décision à prendre, la précision avec laquelle il évalue les risques, le moment où il se détermine à intervenir, puis la rigueur de l'organisation des moindres étapes de l'intervention pour prévenir toute possibilité d'irruption d'un hasard souvent fatal. Elle l'a vu, tournant en rond dans leur chambre, le front plissé, orchestrant chaque seconde de cette liturgie du bloc, une sorte de cérémonie sacrificielle avait quelquefois pensé Médée, vite rétractée en son for intérieur, comme honteuse de ce repli qui la désolidarisait fugitivement de cet homme qu'elle aimait comme le ciel ou le vent, la terre et les arbres, dans un élan heureux et nécessaire. Ce qui interdit sa colère, la laissant ainsi ravagée de tous les chagrins accumulés, celui de l'abandon, de sa propre solitude, le manque impossible à combler de sa chair contre la sienne, c'est ce qu'elle sait de sa douleur à lui, calculant avec une précision maniaque la portée de son geste pour défaire les liens inextricables qui les lient ensemble, elle et lui, sans atteindre son élan de vie à elle, dévastant les tissus auxquels adhèrent toutes les ramifications de leur amour, et dans le même temps organisant une dévastation qui permette sa survie à elle, à défaut de la sienne à lui. Elle ne peut que ressentir l'étendue du désastre, d'autant qu'elle sait avec une intuition infaillible que la nuit dans laquelle va sombrer cet homme solaire est encore plus profonde que celle dans laquelle elle se débat vainement aujourd'hui.

Je demeurai longtemps errant dans Césarée…

Voilà Médée presque au bout de cette nuit, elle ne sait pas en réalité combien de nuits se sont écoulées, combien de jours se sont succédé, dans cette pièce grise et nue, où gît sa valise béante. Quand elle se soulève sur un coude, elle sent son bras trembler, et prend le temps d'affermir sa position, déséquilibrée par un vertige dès qu'elle amorce un geste pour se redresser. Elle refait le même mouvement plusieurs fois jusqu'à se tenir assise, le buste à la verticale, les jambes hors du lit, puis respire une fois, profondément, avant de se soulever pour se mettre debout sur ses jambes. La dernière fois où se lever avait représenté un enjeu, c'était après la naissance d'Aya, un bébé si imposant que le médecin avait préféré une naissance par césarienne ; il y a toujours sur son ventre, à la lisière du pubis, cette trace nacrée qui signale l'arrivée d'Aya, puis d'Adam. Mais bizarrement elle s'était levée sans peine pour l'allaiter. Médée avait ainsi allaité ses trois enfants. Adam avait fait ses nuits très tôt, épargnant à sa mère les veilles prolongées, les nuits trouées, la fatigue diurne. Elle le montait à ses côtés dans l'atelier sur le toit, juste après avoir accompagné Samia à l'école et déposé Aya âgée de deux ans à la crèche où sa sœur avait comme elle entamé sa vie hors de la maison. Aya, comme Samia avant elle, adorait retrouver l'atmosphère animée de la crèche, les jeux collectifs, les autres enfants. Médée de retour chez elle organisait, tendue et précise comme un stratège, la mise en route du repas, les menus détails de la vie de chacun, puis délivrée, elle grimpait à l'atelier, installait Adam dans son parc, entouré de ses jouets, mettait en marche le lecteur de CD, les mélodies enfantines inondaient le lieu, sans pour autant la soustraire à l'exigence intérieure qui l'animait. Adam restait ainsi, chantonnant dans le parc, ses yeux immenses, bleu marine, fixés sur sa mère, et elle interrompait son travail pour s'agenouiller avec lui, le guidant dans ses jeux, le couvrant de baisers, avant de retourner à ses outils. Rapidement, elle avait remplacé les CD, et Adam avait grandi avec la voix pure de la Callas, les lieds de Schubert, les libres envolées de Charlie Parker ou Thelonious Monk. Jamais auparavant Médée n'avait installé une de ses filles à ses côtés dans l'atelier ; la petite enfance de Samia comme celle d'Aya avait signifié pour elle l'arrêt de son travail, comme si une incompatibilité insurmontable séparait l'univers de ses enfants et celui de son art. La naissance d'Adam avait fait voler en éclats cette censure intérieure, peut-être parce que le lien avec son fils, dès la naissance, avait été différent, non pas plus intense, mais fondé sur la perception d'une continuité, alors même que mettant au monde un garçon, Médée se serait attendue à ressentir une sorte d'étrangeté radicale. Cette fusion avec son fils s'était poursuivie tout au long de la petite enfance d'Adam, puis s'était transformée au début de l'adolescence en une complicité si évidente pour eux-mêmes, mais aussi pour tous, qu'elle était inscrite comme une évidence dans la vie de leur famille, à tel point que s'adressant à Adam, Ismaïl et les filles pouvaient anticiper les réactions de Médée devant telle ou telle disposition concernant la vie familiale.

Et là c'est encore Adam qui envoie inlassablement des messages presque toutes les heures, pour signaler à sa mère qu'il attend un geste, un mot, pour venir la retrouver et la soustraire à cette solitude qu'elle s'inflige, traversant cette épreuve inattendue sans recours, sans soutien, comme si sa vie largement consacrée aux siens ne la créditait d'aucune attente à leur égard. Elle découvre, les yeux las, les messages de Lilia, sa sœur légère, déversant un flot de jugements indignés, exprimant sa déception, sa compassion, se faisant l'écho de leurs amis communs. Médée est secouée par une nausée qu'elle contient, "je cherche le silence..."

Devant le lavabo, elle se tient, la main sur la bouche pour contenir le flux qui menace ; levant les yeux elle se découvre au terme de ce temps écoulé, une errance qui l'a laissée sans repère, fébrile elle consulte la date inscrite sur l'écran lumineux de son téléphone, cinq jours et cinq nuits passés ainsi, ses yeux sont clairs dans le miroir, sa peau lumineuse, il y a comme une traînée terreuse sous ses paupières inférieures, la masse brillante de sa chevelure accuse les plis du matelas. Incrédule, elle s'approche de son reflet, comment la dévastation n'est-elle pas inscrite sur le visage racé qui la contemple, les prunelles si claires qu'il y a comme une délivrance inscrite dans cette clarté… Que doit-elle encore découvrir, elle qui toute sa vie a exhumé la tessiture des liens, les entraves consenties de l'amour humain, l'élan toujours inassouvi de l'union de la chair et de l'esprit ?

C'est la chair qui parle et dit le triomphe de ce qui demeure ; et Médée, devant son reflet si inexact, si inadéquat, trop lisse et trop heureux, explore incrédule la trahison de la chair, ou peut être ce que la chair anticipe, la résurrection infinie de cet élan de vie qui la traverse à son corps défendant. Un spasme la secoue, parce que là, au moment même où elle s'éprouve déjà sauvée, dans une lucidité qu'elle ne convoque pas mais qui s'impose, elle sait d'une manière très distincte que tout va s'organiser en elle pour survivre. Un très vieil instinct emprunte déjà des chemins qu'elle ne connaît pas, et elle assiste dans un vertige à cette coïncidence du deuil le plus entier avec le fourmillement de l'organisation naissante qui vient s'emparer du déséquilibre où elle chute comme dans son rêve, la perte abyssale du centre de toutes les constructions, ce lien qui a rendu longtemps le monde habitable, qui trouve son origine dans l'amour vécu avec cet homme dans un autre temps, devenu un temps naufragé en quelques jours. Un temps d'avant le temps où elle se trouve aujourd'hui, vacillant au-dessus de l'abîme, ignorant en conscience ce qui en elle est déjà occupé à produire, à défaut d'un équilibre installé dans ce lien vivant, des points d'appui dont elle pressent la précarité, qui vont permettre une marche vacillante impliquant la grâce sans cesse menacée des funambules qu'elle admirait assise entre Adam et Aya, et elle revoit les yeux brillants de Samia enjambant sa petite sœur pour agripper dans une attente angoissée la main de Médée, “et s’il tombe maman, que va-t-il se passer ?”

“Il ne tombera pas”, assurait alors Médée d’une voix ferme. “Mais maman, s’il tombe, imagine qu’il tombe”, insistait Samia. “Il ne tombera pas”, confirmait Médée, tendue elle aussi, le doute insinué en elle, pourvu qu’il ne tombe pas, que Samia soit préservée encore un peu, pourquoi devrait-elle déjà savoir que les funambules tombent parfois, qu’ils s’écrasent au sol dans un craquement d’os, un bruit sec et mat, comme un sac de farine lâché dans le vide. Il y avait dans ce défi gratuit des funambules, faisant de l’oscillation vertigineuse au-dessus du vide un art à part entière, vivant du vertige que cette oscillation provoquait en eux mais aussi chez ceux qui les regardaient avancer sur un fil aussi fin que celui d’Ariane, un désespoir palpable et confronté qui touchait Médée au cœur depuis qu’enfant elle allait en compagnie de Mina assister aux représentations d’un cirque espagnol qui se produisait tous les ans à Tanger.

Elle lave son corps amaigri soigneusement, consciente de chaque geste, de son souffle, du sang qui coule dans ses veines ; l’odeur du savon est trop intense pour ses sens aiguisés par la faim, elle s’appuie au mur carrelé de blanc, nauséeuse à nouveau, les chiens l’encerclent, la trêve a été de courte durée. Mais elle continue de se laver, de se rincer, de se sécher enveloppée dans la grande serviette immaculée, puis elle déplie les vêtements qu’elle choisit comme si tous ces gestes avaient une quelconque importance, tire en arrière ses cheveux humides encore sur les tempes. Elle éprouve les mouvements désordonnés de son cœur qui par instants s'emballe, cognant avec une violence qui menace de tout emporter, puis s'apaise en dehors de sa volonté. C'est une expérience nouvelle, la vie autonome de cet organe, comme le bruissement du sang dans ses artères, l'amertume dans sa bouche sèche, mais aussi la douceur crispée de sa peau, le battement de son pouls, toute cette vie du corps qui prend sa revanche sur son esprit en déroute, la rappelant à sa réalité première. "Un amas d'organes", avait dit Ismaïl la première fois. Ils étaient assis sur cette balancelle face à la mer, elle avait souri avec la conscience de son pouvoir intact de ravissante jeune femme, tout était neuf en elle alors, son cœur élastique envoyait dans ses artères le flux d'un sang frais et fluide, ses os disparaissaient sous la peau dorée et souple, les muscles longs de son corps de danseuse jouaient nerveusement sous la soie tendue de la chair au parfum de verveine, sa bouche était un fruit gonflé, à l'intérieur un goût de pêche…

Sa nudité moins glorieuse est à présent dissimulée sous les vêtements inappropriés avec ce qu'elle est devenue là, en quelques jours, une femme presque âgée, seule, abandonnée comme un vieux colis encombrant dont il s'est délesté pour continuer d'arpenter les chemins abrupts du désir, oubliant, pauvre Ismaïl, que les carcasses vieillies rattrapent ceux qui les habitent. Comment cette femme jeune, elle est si certaine qu'il est parti pour une femme plus jeune, un cliché vieux comme le monde, "mon pauvre chéri, dans quelle impasse t'es-tu engagé", ivre de ce corps soudain rendu à l'illusion de sa puissance, loin des gestes sûrs et tendres qui les unissaient, un désir connu comme le bleu du ciel, le flux de la mer, dont l'absence momentanée ne les préoccupait pas, et qui surgissait à nouveau sans crier gare, plus profond, moins tendu, dans la certitude de son assouvissement.

Il a fallu à Ismaïl une excitation nouvelle, plus intense que celle du bloc opératoire, un désir plus aigu que celui trop tendre à présent éprouvé pour Médée, dans l'intimité presque fraternelle de leurs corps. Mais comment le désir et cette excitation qu'il engendre, le souffle soudain court, les enjeux de la conquête, sans doute le défi incarné par une femme jeune et désirée ailleurs, qu'il admire parce qu'elle ne lui appartient pas, confirmant en lui le sentiment de sa propre précarité, son pouvoir menacé par la course du temps d'éprouver les affres de l'incertitude du désir de l'autre, toute cette sève de vie surgie en lui qu'il a confondue avec l'amour, a-t-elle pu le détourner de ce qu'ils sont l'un pour l'autre depuis si longtemps, le poussant ainsi à éventrer sa femme, ses enfants, son foyer… Médée éprouve ce qu'elle a toujours su à son corps défendant, honteuse parfois d'une conception simpliste des liens entre les hommes et les femmes, une généralisation abusive indigne de ce qu'ils étaient l'un pour l'autre, pensait-elle alors, l'irréductibilité des constructions psychiques, mentales, affectives qui sépare le monde des femmes de celui des hommes. Si elle peut parfois, très fugitivement, jouir du plaisir léger de sentir le pouvoir de cette beauté étonnante qu'elle a toujours vécue avec un sentiment d'étrangeté, et qui suscite encore aujourd'hui chez ceux qui la croisent une stupéfaction manifeste, son foyer a été pour elle un centre irréductible, une citadelle dans laquelle elle a transporté le monde, en même temps que l'élaboration des liens de pierre et de latex, de résine et de fibres ouvrait en elle toutes les voies d'exploration des tentatives esquissées par les hommes pour échapper au vertige du décentrement, de la perte, de l'absence à soi et aux autres. Mais Ismaïl réorganise la chair vivante depuis trente ans, il intervient au cœur des cellules endommagées, il coupe, il tranche, et là, tout le vertige de Médée gît dans cette certitude : il s'est trompé, il a coupé ce qui permet la vie, les liens ramifiés, souterrains, subtils, profonds qui les unissent mais aussi organisent ce qu'ils sont, non seulement l'un pour l'autre mais aussi l'un sans l'autre, chacun investissant dans l'espace où s'exerce sa propre maîtrise l'énergie fluide, chaude, vivante générée par cet amour déployé depuis si longtemps.

Elle sait que ce qu'il a choisi de sacrifier implique immanquablement son sacrifice le plus total à lui, son anéantissement, et à tout le moins, la fin de ce qu'il a été, l'homme, le chirurgien, l'époux, le père, depuis si longtemps que le décompte des années en devient inutile… et ce n'est pas l'effet d'un raisonnement vengeur, ni la tentation d'anticiper sa chute à lui, comme réparatrice de ce qu'il a fait d'elle, installant une fêlure si profonde que sa chair et son esprit volent en éclats – et comment imaginer une reconstitution qui ne soit pas couturée de cicatrices indélébiles – qui font de Médée à ce moment précis une sorte d'oracle pour eux tous, semblable à cette cavité creusée dans la pierre qui à Delphes disait en termes obscurs l'avenir imprévisible à ceux venus consulter dans un recours ultime la puissance divinatoire des dieux.

Médée ouvre avec précaution la porte de la chambre où ce qu'elle avait été est resté gisant sur le lit aux draps blancs à peine froissés, le fantôme d'une femme qui n'existe plus, une dépouille mortuaire que nul visiteur, nul amant éploré ne viendra veiller avant de l'enterrer avec amour, exprimant le regret de ce qui n'est plus. Elle heurte du bout de sa semelle fine une boule molle, étrangement malléable, et se penchant elle découvre un bloc de pâte à modeler rouge. Elle se baisse avec difficulté, tout tourne autour d'elle, sa propre faiblesse l'effraye autant que le sentiment de vacuité qu'elle éprouve à chaque mouvement, semblable à celui expérimenté quand, escortée quelques jours plus tôt par Adam poussant devant lui sa valise, elle avait le sentiment de flotter, comme ces âmes mortes qui observent avec indifférence les corps qu'elles ont autrefois habités. D'un geste rageur, elle s'empare de la pâte docile sous ses doigts, et la jette avec violence contre le mur gris où elle s'écrase presque sans bruit, laissant de minuscules lambeaux rouges sur le mur avant de retomber sur le sol plastifié ; soulagée, elle glisse dans le couloir où la moquette absorbe le bruit de ses pas ; le jeune homme à l'entrée, dans le minuscule espace qui sert de lieu d'accueil pour les passagers est en pleine conversation virtuelle. Elle passe devant lui, ombre rapide, et sort, cueillie par le brouhaha qui monte de ce hall d'aéroport comme une respiration bruyante et désordonnée. À nouveau la faiblesse physique fait vaciller Médée, mais arrivée devant le premier café, une nausée violente la laisse pantelante, les odeurs de graillon, de café fraîchement pressé, celles plus sourdes des corps des passagers débarqués après de longues heures de voyage, les effluves de parfums émanés de la boutique *duty free* agressent son organisme exsangue. La main couvrant sa bouche et son nez, elle se dirige vers les toilettes, sa démarche vacillante attire les regards de certains voyageurs, un homme s'approche, bienveillant : "Ça va, madame ? Puis-je vous aider ?" Il est grand et sent la lavande, le bois de cèdre, elle le remercie d'un sourire, ôtant provisoirement sa main de sa bouche. Il l'observe et elle voit son regard changer, elle lisse d'un geste machinal sa chevelure ramassée en bas de la nuque, un vieux geste d'un autre temps, celui du souci de soi, que cette rencontre de hasard fait resurgir. Ismaïl emprisonnait dans ses mains adroites la chevelure luisante de Médée, répandue sur ses épaules comme une mer lumineuse et mouvante, dégageant le fin visage, la peau dorée, les doux renflements des pommettes, ces derniers temps il caressait avec tendresse les lignes du rire inscrites au coin des yeux sous l'arc des sourcils épais. Le regard de cet inconnu qui la voit la rend fugitivement au souvenir d'elle-même, ce qu'elle a cru être avec cet homme aimé. Elle secoue la tête doucement, en signe de dénégation, il ne peut rien pour elle, elle sourit pour marquer qu'elle est sensible à son attention, ne pas le laisser repartir sans nourrir l'échange qu'il a provoqué.

Qui remarque la faiblesse d'un être humain dans un aéroport, dans le flux incessant des hommes, des femmes, des couples, des familles, tous prêts à embarquer pour des destinations joyeusement anticipées, ou imposées par d'impérieuses nécessités, dépaysement, découvertes, exils, absences, fuites, retrouvailles, errances… ? Elle n'est plus une voyageuse, sa course est arrêtée dans ce labyrinthe de l'amour interrompu, et lui qui la voit, ce qu'il devine de sa fragilité est peut-être le miroir qu'elle tend à la sienne, surmontée sans doute, puisqu'il peut venir vers elle qui oscille si manifestement dans une trajectoire cognée : "Puis-je vous aider ?", comme les chevaliers des temps anciens, transportant avec lui le bagage d'un souci de l'autre presque désuet, si éloigné de l'expérience du démembrement que traverse Médée. Il l'observe avec une inquiétude sincère, son sourire à elle n'a pas suffi à marquer ce territoire qui défend l'intimité, inaugurant la mise à distance policée des intrus. Médée passe lentement son chemin, appliquée à calmement avancer, un pas après l'autre, comme elle l'apprenait à Samia si pressée d'atteindre le but qu'elle s'était fixé sitôt la station debout maîtrisée, quand elle lançait dans une impatience fatale ses petites jambes sitôt emmêlées, précipitée dans une chute que la stridence de ses hurlements désignait comme inacceptable. Il avait fallu à Médée de longs moments de présence attentive pour calmer la colère de Samia, lui enseigner les vertus d'une maîtrise espacée de ses mouvements, un pas après l'autre, tranquillement, l'enfant opposant à la tendresse de sa mère son regard empli de la douloureuse surprise accompagnant la découverte des lois de son propre corps, pas forcément soumis à la piaffante volonté de son esprit. Médée guidait sa petite fille, mimant la démarche progressivement construite à adopter, sa voix calme scandant les étapes, “un pas après l’autre mon amour…” et l’enfant glissant sa petite main dans celle de Médée réalisait la nécessité d’équilibrer son corps dans l’espace, “un pas après l’autre mon amour”. C’est ainsi aujourd’hui, Médée doit réapprendre à marcher sans se retourner, mais où est le désir d’atteindre un point dans l’espace qui animait sa petite fille tandis qu’elle lui apprenait la maîtrise de son désir pour mieux le réaliser… que va-t-elle pouvoir désirer, vacillant dans une solitude impensable, sur les décombres d’un monde qui n’est plus, anéanti en un clin d’œil, un monde où les désirs du passé tendaient ceux de l’avenir, organisant un itinéraire sur lequel elle pouvait se retourner, accueillant les échecs, les blessures, les joies comme on déroule la pièce d’un même tissu, parfois accroché, troué, râpé, mais qu’il était toujours possible de ravauder, repriser, pour rétablir l’unité de la toile fine des jours ?…

L’unité est rompue, elle ne peut plus se retourner sous peine de contempler l’abîme qu’elle frôle, qui la guette comme un énorme trou noir au-dessus duquel elle avance sur un seul fil tendu, si fin qu’il menace de rompre à chaque instant. Elle pense au bloc de pâte à modeler déposé par Adam, elle en est certaine, devant la porte de cette chambre où elle a dérivé, gisant sur ce lit comme on meurt sur un radeau, emporté par une houle dure et salée, coupante, hérissée des scalpels plantés à chaque vague, sa chair tailladée, son esprit déchiqueté flottant dans les limbes. Elle pense à son fils blessé de sa blessure à elle, là, pendant qu'elle se fraye un chemin, glissant dans une marche somnambulique. Croit-il vraiment lui redonner le désir de faire surgir des formes ainsi, en la guidant comme elle l'a guidé vingt-cinq ans plus tôt ? Que peut-il savoir des itinéraires arrêtés sans crier gare, ce qui survient, ce qui surgit et éclate à l'intérieur du présent rond comme une coque vivante, une membrane tiède et souple, tantôt élargie tantôt resserrée, qui épouse les rythmes du souffle, du sang qui jaillit et se rétracte, irriguant les organes transparents, un présent fluide et chaud, heureux et habité ? Elle sait bien, Médée, que ce qui est rompu n'a rien à voir avec ce qu'une fêlure organise ou défait localement, elle ne veut pas qu'Adam vive à travers elle la dislocation de l'espace et du temps, elle va errer seule, et réapprendre une vie pas à pas, comme elle le fait en ce moment même, au cœur du souffle qui manque, du vertige qui l'isole des autres dans une sorte de sidération protectrice.

Arrivée dans le couloir blanc qui marque l'entrée des toilettes, Médée soustraite aux regards s'appuie haletante contre le mur, secouée de spasmes irrépressibles. La main écrasant sa bouche, elle pénètre dans l'espace ponctué de lavabos étincelants de blancheur, et ne pouvant tenir jusqu'aux cabines de toilettes, elle se penche sur une des cuvettes de porcelaine, libère un flux amer. Elle se tient au lavabo, les murs tournent, ses jambes de coton ne la tiennent pas, elle ne lutte plus et s'effondre. Quand

Médée reprend conscience, sa tête est confortablement appuyée contre la cuisse d'une femme vêtue d'un tablier de toile blanche épaisse, qui lui met dans la bouche un morceau de sucre. "Il faut laisser le sucre fondre et avaler, madame." Sa voix est douce, avec un fort accent. Les yeux noirs fixent Médée avec inquiétude. "Ça va mieux ?" D'un geste de la main, elle prévient le mouvement de Médée qui tente de soulever son buste : "Pas trop vite, il faut d'abord manger un peu."

Elle tire de sa poche une banane et l'épluche avant d'en couper un morceau et de l'approcher de la bouche de Médée, comme le faisait Mina quand enfant, elle refusait de finir son assiette, assise contre elle sur la banquette de la pièce attenante à la cuisine, devant la table ronde où elle l'installait pour la faire manger à son aise. Médée retrouve la chaleur maternelle de Mina dans le sourire de la jeune femme, le même souci grondeur et enveloppant, si opposé à la froideur involontaire de Faïza, silhouette blanche tenant à la main de longues cigarettes mentholées, déplaçant avec elle les effluves de *L'Heure Bleue* caressant distraitement sa chevelure démêlée par Mina, "comme tu es jolie, ma chérie", aussitôt retournée à ses préoccupations mondaines, arrangeant les gerbes de glaïeuls disposées dans les hauts vases transparents dont le fond garni de cailloux verts et bleutés masquait la naissance des tiges. Faïza s'enfermait souvent dans sa chambre à l'étage, plaintive, les mains sur les tempes, en proie disait-elle à de terribles migraines qui survenaient au moment où Médée, Lilia ou Kayss requéraient sa présence pour une réunion scolaire, un anniversaire, une sortie au cirque. Mina suppléait ainsi aux absences de Faïza, et quand parfois cette dernière décidait, de manière aléatoire, pour des raisons connues d'elle seule, d'honorer une parole si facilement donnée à ses enfants, puis rompue, sa présence élégante les remplissait d'une telle excitation qu'elle revenait épuisée par cette tentative de participer à leurs joies, à nouveau prise dans le tourbillon des réceptions fréquentes entre les habitants de la Vieille Montagne ; dans ces moments-là, la présence parfois requise de ses enfants la remplissait de fierté, ils étaient si beaux, les filles dans leurs robes à smocks, les cheveux miel ramassés en une demi-queue, les yeux violets de Médée, et Kayss en bermuda au genou et polo blanc "Une famille magnifique, vraiment", s'exclamaient les amis du couple, et Médée revoit le regard fatigué de son père, plein d'indulgence pour la femme enfant qu'il gérait avec une équanimité d'humeur remarquable, acceptant comme une évidence météorologique ses caprices, ses plaintes, et ses brusques et brefs accès de tendresse. Comme elle le faisait avec Mina, Médée s'abandonne et avale docilement les morceaux du fruit onctueux et suffisamment fade pour ne pas soulever en elle une nouvelle nausée. "Merci", murmure-t-elle reconnaissante. "Je m'appelle Tanya." "Moi Médée."

Est-ce le fruit ou la chaleur qui émane du corps de la jeune femme brune et ronde, Médée se sent presque bien, elle soulève à regret la tête, et commence par s'asseoir appuyée contre le buste confortable de Tanya. "Un prénom rare, Médée, vous êtes grecque ?" elle sort de son autre poche un morceau de chocolat noir enveloppé de cellophane et le tend à Médée qui proteste, confuse. "Non, non acceptez, vous aurez de l'énergie. Vous êtes grecque ?"

Médée sourit : "Ma grand-mère maternelle était grecque. Je ne l'ai pas connue. Ma mère est devenue orpheline très jeune, elle m'a prénommée Noor Médée, je suis tangéroise, mais tout le monde m'appelle Médée."

Tanya écoute, le front plissé, ses yeux profonds et doux enveloppent Médée d'une rayonnante attention. "Médée… Moi je viens de Bagdad… Des cendres de Bagdad." Médée baisse les yeux. Elle questionne à son tour "Vous avez décidé de quitter votre maison ? Vos amis ? Votre famille ?" Tanya la dévisage franchement : "Je n'ai plus de maison. Mon mari est mort à la guerre, et j'ai perdu mon fils aîné. Ma famille vient de Samarra, nous avons perdu tout ce que nous avions pendant la guerre. J'ai décidé de quitter l'Irak avec mes deux enfants, avant qu'ils ne finissent tués sous mes yeux. Nous sommes sunnites, mais ça n'avait jamais été un enjeu avant. Nos amis étaient chrétiens, chiites, nous allions les uns chez les autres. Nous vivions paisiblement avant l'invasion américaine. Ce qui nous rendait heureux alors, c'était de nous retrouver, filles et garçons, au bord du Tigre, quand nous étions jeunes. La vie était douce, j'ai rencontré Nasim, nous nous sommes mariés, il était médecin, je m'occupais de nos enfants. Quand le dôme de la Mosquée d'or a été détruit, nous avons choisi de quitter Samarra pour Bagdad. Mais à Bagdad, j'ai perdu mon mari et mon fils. J'ai tout vendu pour acheter trois billets d'avion et nous sommes arrivés à Paris mes deux enfants et moi, sans rien, il y a cinq ans ; nous y avons des amis chrétiens qui nous ont accueillis. Je suis ce qu'on appelle une réfugiée. Qu'as-tu perdu, toi, pour t'évanouir ainsi ?"

Médée rougit lentement : "Rien… Je n'ai rien perdu. Pas comme toi."

Elle se lève doucement, Tanya l'épaule, "tu es si mince, sourit-elle. Quand part ton vol ?"

"Je ne sais pas, répond Médée, je ne crois pas que je vais partir."

"Tu n'as plus d'endroit à toi ? Tu as perdu plus d'une chose toi aussi… Pourquoi dis-tu que tu n'as rien perdu ? Je suis là tous les mardis, jeudis, vendredis. Technicienne de surface, dame pipi, c'est comme ça qu'on dit. Viens quand tu veux, j'ai toujours un peu de chocolat noir dans la poche."

Médée balbutie, reconnaissante : "Merci, merci pour tout." Elle s'éloigne lentement. Tanya la rattrape : "Et toi, Médée, qui es-tu ? Moi je suis réfugiée, dame pipi. Et toi ?"

"Moi ? répond Médée… Je ne sais plus. J'ai trois enfants, ça c'est sûr. Ils sont adultes aujourd'hui… J'étais sculpteur. Oui, c'est ce que j'étais."

"À bientôt Médée, mère et sculpteur. Ça ne s'oublie pas. Ce qu'on est."

Lieux charmants où mon cœur vous avait adoré

Médée est sortie de sa chambre, elle a marché dans l'aéroport, s'est évanouie aux toilettes, a rencontré Tanya. Un léger sentiment d'euphorie la traverse, peut-être lié à cette jeune femme, sa bienveillance immédiate qui l'a ramenée à sa propre humanité, Tanya, réfugiée dame pipi comme elle s'est définie elle-même avec un humour lucide, cet échange peu prévisible, une fenêtre entrouverte au fond d'un tunnel si obscur que la possibilité même de la lumière en semble exclue à tout jamais… Et voilà qu'une rencontre de hasard a restitué à Médée l'espoir tremblant des richesses insoupçonnables enfermées dans ce qui semble condamné, une appréhension heureuse de ce qui est à venir, dont elle n'a pas même l'idée, que la violence du présent rend aussi inaccessible que la perspective d'un retour pour Robinson naufragé sur son île. Qui es-tu Médée ? Elle répond à distance, une réponse honnête, éloignée de la sienne alors, celle qu'elle n'a pu articuler face au regard profond de Tanya, encore pétrie d'un orgueil illusoire, comme si la vie lui devait la prospérité amoureuse de ces trente dernières années, comme si la beauté, le talent, l'amour donné sans compter installait une sorte de crédit, une croyance aussi puérile que celles dans lesquelles sont élevés les enfants, "si tu es bien sage, si tu travailles bien à l'école, si tu suis les règles, alors tout ira bien". Elle articule clairement la réponse qui s'impose à elle, Médée, dans la brèche ouverte par l'humilité franche de Tanya, je suis une presque vieille femme abandonnée, bafouée, je pleure comme une enfant dans le noir, j'ai peur de continuer à avancer seule, j'ai peur de mourir seule, j'ai donné les clefs de ma vie à cet homme rencontré trente ans plus tôt, il me les a rendues, mais je ne sais plus m'en servir. J'ai honte de souffrir ainsi, face à toi qui as tant perdu, un mari, un fils, ton pays, ta famille... Et pourtant je souffre, je suis une boule de feu vivante, mes mains tremblent, je ne dors plus, je ne sais plus qui je suis, je n'ai plus la mémoire de qui j'ai été. En partant ainsi, sans un mot, cet homme m'a rendue étrangère à trente ans de ma vie. Je suis comme cette femme errante rencontrée un jour à Casablanca, sur une place arborée, l'une des rares oasis de la ville de béton et de sel, elle parlait à voix haute, interpellant les passants : "J'ai eu une vie, moi, tu veux savoir laquelle ? Tu me plais bien, alors je vais te la dire... Une vie incroyable, dans une maison, avec mes enfants et mon mari. Tu ne me crois pas ? Demande-lui, il me connaît bien, poursuivit-elle, désignant le gardien de voitures qui avait cligné de l'œil, incluant Médée dans une complicité fluide comme cette journée d'été finissante. J'ai été plus belle que toi, j'avais une chevelure si épaisse qu'elle ne tenait pas dans mes mains réunies, ne te fie pas à ce crâne presque nu que tu vois aujourd'hui." Elle avait sorti d'un sac de plastique immense, dont l'anse barrait sa poitrine menue sous les couches de vêtements accumulés malgré la tiédeur de l'air, une photographie qu'elle avait agitée devant Médée silencieuse, et lui avait intimé : "Regarde, la beauté même, c'est moi tu vois, avant que cette sorcière ne rentre dans nos vies, cette salope, cette pute, elle lui a tourné la tête, elles ont des techniques bien à elles, il est devenu fou, il m'a jeté à la rue avec mes enfants… Mais la roue tourne, elle paiera", avait continué la pauvre créature. "Tu crois que je suis folle ? J'ai toute ma tête, et je sais ce qu'a fait cette sorcière…" Comme dans les contes de fées, avait alors pensé Médée, il y a toujours une belle princesse et une méchante sorcière dont c'est la fonction d'entraver le destin de l'élue de la vie, celle qui a reçu en partage la douceur, la beauté, la grâce… Et l'autre horrible, entourée de puissances sataniques, un temps triomphante, mais finalement défaite. Mais dans la vraie vie, il y a longtemps que Médée sait – et comment pourrait-elle ne pas le savoir, elle qui porte le nom grec de la femme qui sait, comme seules savent les sorcières de la vie, celles qui traversent les miroirs à cheval sur leurs balais magiques – que la pure jeune fille et la vieille sorcière, la sensée et la folle, la sainte et la prostituée sont les deux faces d'une même réalité. Ismaïl s'était arrêté pensif devant la série de statues encastrées les unes dans les autres, à l'image des matriochkas russes, à la différence que la sereine piéta initiale de la série de Médée, chaste et pudique, enfantait une créature aux seins dressés, la main sur le sexe sculpté avec une précision provocante, sa chevelure de marbre ondoyante déployée jusque sur ses reins cambrés, et cette même femelle incarnant la luxure abritait dans son corps creusé comme une cavité une créature angélique, divinement couverte d'un voile de résine transparente, ajourée, recouvrant la troublante blancheur du marbre creusé où jouait la lumière du jour. Médée avait intitulé cette série Jour et Nuit, et les sept femmes, disposées en ordre décroissant les unes à côté des autres, se regardaient, la tête tournée vers la gauche ou la droite, dans une contemplation heureuse de la créature distinctement dotée qu'elles avaient engendrée ou qui les avait abritées. Elle avait ainsi rendu incertaine la ligne de faille qui séparait pour cet homme clair la transparence habitée de leur amour et la nature forcément obscure de ce désir né dans le partage de l'excitation des chairs coupées, sans doute une collègue encore jeune, admirant la maîtrise du ponte, émoustillée à la perspective d'amener ce bel homme vieillissant, au prestige intact, aux frontières d'un désir qu'elle exacerbait sans beaucoup de peine dans l'atmosphère stérile du bloc, l'attention maniaque portée au moindre geste enflammant leurs sens libérés de la peur au moment où abandonnant gants et blouses, ils se jetaient l'un sur l'autre comme deux rescapés revenus d'un périlleux voyage. Médée serre les poings, à nouveau dans la tourmente, elle est folle, maudite, elle a inscrit son naufrage dans la pierre, elle a convoqué comme une sorcière démente les forces qui la pulvérisent aujourd'hui, narguant dans une frénésie sonore les équilibres aveugles du bonheur, heurtant le marteau contre le marbre, faisant éclater l'inconscience, la cécité indispensable aux longues histoires sereines.

Ismaïl, au moment de décider s'il l'épargnerait ou pas, hésitant entre deux sacrifices, s'était sûrement appuyé pour trancher les liens d'une vie sur ce qu'il savait de sa non moins tranchante lucidité à elle, il s'était sans doute souvenu de cette série de femmes marquée par l'ambiguïté des destins moraux, la conscience qu'avait Médée de la frontière infime séparant les représentations des deux pôles de cette féminité si périlleuse qu'il fallait la déterminer là où s'origine la puissance des femmes, l'utérus clos sur le mystère de l'enfantement, la sainte et la courtisane toutes deux unies par la conscience de ce pouvoir, l'exhibant dans une mise en scène extrême de leurs attributs. Il avait pensé qu'elle comprendrait, comme ces bienheureux philosophes prêchant la suspension du jugement, préalable à l'accès à la vérité. Il avait compté sur son intégrité, son besoin de chercher au-delà des histoires déjà écrites, figées, qui disent le malheur des femmes et la trahison des hommes. Mais là, Médée veut être cette vieille folle rencontrée par une après-midi dorée où elle avançait sur cette petite place ombragée à Casablanca ; il faisait si chaud que le bitume fondant collait à ses sandales de cuir brun, elle avait souri au gardien, un jeune homme accablé de chaleur qui l'avait fixée tandis qu'elle rejoignait sa voiture stationnée un peu de travers. Elle veut pouvoir raconter ainsi son histoire en criant, secouant son crâne dépouillé des longues mèches soyeuses qui la placent immédiatement du côté des femmes dont la séduction est toujours reconnaissable. Elle veut aussi pouvoir attribuer son malheur à quelqu'une,

une sorcière, une méchante dont les manipulations perverses auraient détourné cet homme naïf du chemin sans ombre d'un foyer sacro-saint. Mais toujours Médée avait observé cette cruauté des femmes entre elles, disculpant les hommes, au fond pour mieux les discréditer, les réduisant à des pantins soumis aux pulsions incontrôlables de leur désir, se réservant ainsi la véritable puissance, capables d'orchestrer, diaboliques et malfaisantes, la destruction vertigineuse des histoires d'amour qui prétendent durer. Finalement, les femmes sont toujours face aux femmes, avec ou contre, observait Médée, fascinée par la profondeur d'un imaginaire de l'entre-soi, où les hommes n'étaient tolérés que parce qu'ils servaient les desseins obscurs de la continuité de l'espèce. C'est entre elles que les femmes nouaient des alliances, guerroyaient, comme si au fond elles ne dépendaient que pour leur plaisir et leur descendance de ces hommes dont elles exaltaient publiquement la puissance pour mieux maîtriser la faiblesse d'un pacte incertain, parce qu'elles savaient depuis toujours la fragilité des serments d'amour masculins, si aisément accordés, si promptement repris. Mais elle, Médée, elle avait refusé ce pacte implicite des femmes, nouant dans sa chair et son esprit un lien d'amour avec cet homme, inscrivant dans le marbre et le fer, la corde et le verre, les voies de cette alliance nouvelle, scellant dans le dévoilement et le partage de son cheminement la sûre architecture de cet amour construit pierre à pierre. Et la voilà défaite, elle a voulu avancer seule, loin des tentations du gynécée, renvoyant dos à dos les sorcières et les fées, balançant aux oubliettes ces imaginaires réducteurs, tournant le dos aux savoirs ancestraux, la vieille expérience grimaçante du monde méditerranéen, Ulysse sur les flots de son désir, de ses conquêtes, et Pénélope faisant et défaisant le temps, dans l'attente creuse de son retour… qui raconte l'histoire de Pénélope, ses tentations, ses colères, sa force ? Et Médée, sa prestigieuse homonyme, marquée du sceau de la folie pour l'éternité des mémoires humaines, abandonnant son royaume pour suivre cet homme assez orgueilleux pour affronter le minotaure, une reine en exil, étrangère à jamais sur l'île où elle a enfanté, régnant à ses côtés sur un trône précaire, aveuglement de l'amour qui sépare des communautés initiales… Il a fallu définitivement marquer du sceau de l'infamie la reine étrangère, coupable d'avoir ignoré les lois non écrites du patriarcat, faisant de l'amour d'un homme un royaume, plus folle que toutes les folles, si éloignée de toute la rationalité de son monde que sa transgression a nécessité un châtiment exemplaire. Ceux qui écrivent les mythes l'ont ainsi rendue étrangère au monde humain, une bête sauvage dépeçant ses propres enfants pour punir le traître, méconnaissant dans un même élan aveugle toutes les lois de la filiation, sacrifiant sur l'autel de son amour blessé la chair de l'avenir.

En arrivant à la porte de la minuscule pièce grise qu'elle nomme désormais sa chambre, Médée découvre déposé sur le seuil un bloc de pâte à modeler bleue. Adam est là, qui rôde comme un animal blessé, inquiet. Elle se penche et prend dans ses mains la pâte qui tiédit rapidement, ouvre la porte, ramasse le bloc rouge tordu par l'impact sur le mur. Elle ne peut pas devenir cette vieille folle, Médée, perdre sa chevelure, ses repères, crier dans les rues brûlantes, insulter la putain qui a pris son homme, sa vie, devenir manichéenne et enfantine, sans écraser les trois jeunes gens fins et sensibles qu'elle aime d'un amour sans limite. Adam est là qui erre, peut-être a-t-il vu sa mère déambuler dans l'aéroport, elle porte les mains à ses tempes, Médée, rien n'est simple, jamais, elle ne peut vivre tranquillement la chute vertigineuse qui la tente sans entraîner avec elle Adam, mais aussi Samia et Aya, autrement, sûrement. La loi du talion est une loi inventée par les hommes, pour régir un monde dont la chair enfantine s'est absentée, les fossettes tendres sur les joues rondes de Samia, la douceur des petits coudes au creux odorant, les genoux écorchés d'Adam de retour d'une compétition sportive, la nuque si frêle d'Aya, dévoilée quand Médée fixait en couronne la tresse soyeuse sur le haut du crâne avant de l'accompagner à la danse les mercredis et les samedis matin. Comment ne pas voir dans Ismaïl lui-même un enfant vieilli, terrifié par l'approche de la fin qu'il entrevoit chaque fois qu'il découpe d'un geste qui se veut assuré la peau qui enveloppe la masse palpitante du centre des perceptions ? Il suffit de si peu pour qu'un souffle s'arrête, un regard se ferme sur le monde, une parole s'en absente. Comment lui en vouloir d'avoir cédé au surgissement imprévisible de ce désir qui organise la vie, l'initie, dans une cérémonie qui ne fait place à rien d'autre que son assouvissement ? Elle a été sacrifiée, Médée, sur l'autel des pulsions primitives de cet homme dont elle connaît la sensibilité, l'empathie, la tendresse. Elle sait bien qu'elle va devoir trouver un chemin dans cette nuit intérieure qui l'enserre et déjà la tente, comme la tente l'étrange bonheur de perdre pied, de ne plus craindre ce qui advient, ce qui peut advenir. Elle détend sa paume crispée, le bloc de pâte à modeler bleu a changé de forme sous la pression de ses doigts, elle le malaxe consciemment cette fois, tendue dans le désir de cette forme qui s'annonce, le cœur serré par la joie qui monte et éclate, irrépressible, surgie au cœur de la défaite, vivace, et ses mains dansent la vieille et triomphante danse de la vie. Un corps bleu émerge, étiré jusqu'à la rupture, la tête sur les talons, formant un cercle. Ses mains s'emparent du bloc rouge, et déjà l'autre corps surgit, le cercle se forme, mais avant de le clore sur lui-même elle scelle l'alliance, et dans l'espace vide du premier cercle bleu elle glisse le rouge, deux anneaux liés, le mouvement de l'un entraînant le mouvement de l'autre, la pâte se déforme, les cercles se défont, deviennent oblongs, un des corps se disjoint, et Médée les écrase ensemble dans un geste qui disloque les formes, transforme en une pâte homogène les deux blocs initiaux. Sous ses doigts se forme une boule rouge et bleue, striée, une géographie aléatoire étale à la surface de ce globe tendre des taches où les deux couleurs se superposent, se côtoient, et parfois s'étirent en de longs filaments autonomes. Médée s'allonge sur le lit étroit, la pâte tiède dans la main comme une présence vivante, et s'endort pour la première fois, une longue nuit de quelques heures, dans la profondeur de l'oubli.

Se réveiller et retrouver intacte, passé le moment bienheureux où la mémoire oscille, la présence devenue familière de cette boule dure qui oppresse sa poitrine, empêche la respiration, disjoint la conscience.

Mais il y a cette présence tiède, presque gélatineuse après les heures passées au creux de sa main, et Médée serre et détend ses doigts, éprouvant la transformation de la pâte à modeler selon le rythme de ses mouvements, comme au commencement du monde. Elle se lève lentement, le vertige est là, mais aussi la crispation de son estomac si vide qu'elle se sent creusée de l'intérieur. Le rituel du réveil s'organise presque dans la chambre grise, la toilette de ce qui ressemble à un matin, le choix des vêtements, Médée lisse ses cheveux devant le miroir, mais se détourne vite de cette femme qui la regarde, les yeux vides, le visage si pâle qu'elle semble privée de substance.

Ouvrant la porte de sa chambre, elle découvre un nouveau bloc de pâte à modeler jaune. Adam est là, qui ouvre à sa mère un chemin d'enfance, comme lorsqu'elle l'emmenait à la mer, la plage transformée en bac à sable géant. Elle puisait de l'eau sur la grève, en remplissait le petit arrosoir en plastique bleu et rejoignait ses enfants installés sur le sable jaune, tout à la joie de laisser filer entre leurs doigts ouverts les grains qui s'en échappaient, aussitôt dispersés par le vent léger, rendus à l'immensité tiède. Elle se baisse à nouveau, comme la veille, et s'empare du bloc jaune qu'elle garde dans la main gauche. Elle ne le glissera que bien plus tard dans le sac en tissu auparavant destiné à transporter ses livres mais qu'elle a vidé de son contenu pour y placer la clef plastifiée de la chambre, la boule bleue et rouge, sa carte bancaire, un stylo à bille et enfin son téléphone mobile dont elle a désactivé le son. Elle versait sur le sable l'eau salée et les enfants plongeaient leurs mains dans cette boue brune, malaxant avec ardeur, affairés à la construction d'un château, creusant les digues, organisant les murailles, pendant qu'elle retournait puiser l'eau qui rendait toute cette magie possible. Ils levaient vers elle des yeux brillants d'excitation, "maman, regarde, Adam fait une muraille toute tordue !" Médée aidait alors son plus jeune enfant à consolider sa partie du château, érigeant avec lui une tour crénelée, créant un pont-levis, et les filles protestaient, "maman, et nous ?" Médée abandonnait Adam pour rejoindre Samia et Aya de l'autre côté du château, les genoux pleins de sable mouillé, les cheveux collés par le vent sur le visage, elle rétablissait l'équilibre des constructions. Le château s'étendait au fur et à mesure, et ils s'asseyaient tous les quatre pour l'admirer dans le soleil déclinant, jusqu'au moment où la mer d'or venait lécher les murailles, dissolvant la tour, emportant sous leurs regards désolés le pont-levis, mais il y avait alors la joie de déguster les beignets au sucre encore chauds achetés au vieux marchand qui criait "chauds les beignets", le sucre et le sable crissaient ensemble sous leurs dents, et ils retournaient fourbus à la voiture. C'était la vie alors, la vie râpeuse et douce, salée et chaude. Les larmes coulent enfin sur les joues de Médée, et elle les essuie, froissant la peau fine, le bloc jaune comme un soleil dans la main. Et rayonne l'amour de ce fils qui erre avec elle, semant le chemin du retour à soi, un bloc de pâte bleu, puis un rouge, puis un jaune, "allez, un pas après l'autre, tu sais le faire ma chérie, tu l'as fait toutes ces fois où nous avions besoin de toi, où tu fermais l'atelier pour rire devant la mer avec nous, cueillir les coquelicots bleus du Korifla, nous enseigner le nom des plantes, nous étreindre follement en balbutiant des mots d'amour, allez ma chérie, un bloc avec l'autre, je suis là comme tu l'as été, toi, l'amour ne s'en va pas, ce sont les fous qui partent, ou les morts, qui peut quitter l'amour vivant ?"

Dans les rues de la ville il y a mon amour

Qui peut quitter l'amour vivant ? Tanya cueille Médée de son beau regard sombre dès qu'elle franchit le seuil des toilettes de l'aéroport, une tablette de chocolat et un paquet de biscuits dans la main. "Te voilà, lui dit-elle sans attendre. Je t'espérais. Tu n'avais pas besoin d'apporter tout ça, mais ça tombe bien, j'ai faim."

Médée a traversé l'aéroport pour rejoindre Tanya, auparavant, elle s'est arrêtée dans l'un des cafés pour acheter une brioche et boire un chocolat chaud, cherchant Adam du regard dans la foule fluide et dense. Quand vient-il déposer les pâtes enfantines à la porte de cette chambre où elle s'obstine à séjourner, ce lieu improbable où son odeur commence à imprégner les draps, les murs…

"Comment vis-tu loin de ce que tu aimes ?"

"Je vis avec ce que j'aime pour toujours. Tout a disparu, et tout est là."

"Mon fils dépose tous les jours des blocs de pâte à modeler devant la porte de cette chambre où je suis restée. Je l'imagine, errant dans cet aéroport que je ne me résous pas à quitter depuis que celui que j'ai aimé toujours m'y a laissée comme on abandonne les animaux les veilles de vacances, dans les grandes villes où seuls comptent les plaisirs escomptés."

"Tu espères qu'il va revenir ?" demande Tanya. "Non, répond Médée, il est vraiment parti, et je n'espère rien, mais il m'a rendue étrangère à moi-même. Je ne sais plus dire mon histoire, ma mémoire me trahit, je ne sais plus ce que j'ai vécu."

"Quand j'ai quitté l'Irak, j'ai emporté un peu de terre avec moi. La terre de mon pays, de mes aïeux, et vois-tu, je ne m'en sépare pas, comme un talisman qui conjure la disparition, l'effacement de ces histoires, de ces temps que nous avons vécus. Souvent je me réveille la nuit, et je suis en proie au vertige. Les soirs de printemps au bord du Tigre, Nasim et nos enfants dans la maison blanche, les déjeuners de copains dans le petit jardin qui entourait notre maison, je crois sentir son souffle accordé au mien la nuit, celui de mon fils devenu si grand qu'il me soulevait sans peine de terre, « ma toute petite maman », riait-il, je ne l'ai pas enterré, personne ne me l'a rendu, Il y a tous ces morts en nous, et je suis morte avec eux. Mais il y a les vivants, nos enfants, je suis partie et je suis restée, j'erre encore et pour toujours à Samarra, mais pouvais-je leur confisquer cette vie, à eux qui sont en vie ? Ma fille étudie à la faculté de médecine à Paris, elle est brillante, mon jeune fils est au lycée. Il aime le théâtre plus que tout, il écrit déjà. Ils transporteront et transformeront cette histoire avec eux, cette tragédie de la guerre qui nous dépossède de tout, comme l'amour qui s'en va, la paix, les rires des enfants le soir, les baisers d'un homme, la douceur des liens.

Nous sommes déliées, Médée, errantes, réfugiées sans refuge, et nous ne savons vivre que dans les liens que nous tissons obstinément, jusque dans la dévastation. Regarde-nous, toi et moi, dans ces toilettes d'aéroport, je te donne du chocolat, et deux jours plus tard, tu m'apportes des biscuits."

"Oui, répond Médée. Nous survivons. Je vois déjà en moi le début d'un après. Cette nuit, j'ai glissé dans un vrai sommeil, à mon corps défendant. Et ce matin, j'étais pressée de te retrouver. Nous sommes si promptes à organiser la vie sur les décombres de ce qui est perdu, n'est-ce pas là le comble de la folie ? L'amour sans limite nous tient debout au milieu des cendres, alors que nous voudrions mourir là, mais il suffit que le chat de la maison ait survécu, nous voilà entêtées à lui porter du lait, l'éclat d'une prunelle d'enfant nous remet dans le devoir du jour. Mais que reste-t-il de ce que nous avons aimé être, de la joie qui nous faisait rire les matins d'été, de la douceur qu'il y avait à allumer les lampes à la nuit tombée, nous qui aimons la vie vivante, pourquoi devenons-nous les héritières des guerres que nous n'avons pas menées, ni voulues ?"

Tanya approche la main du visage de Médée, dans un geste d'une infinie tendresse.

"Que veux-tu faire à présent, Médée ? Moi j'ai voulu partir, quitter ma terre en feu, emmener mes enfants là où une vie est possible, fracturée, perdue pour moi, mais ouverte pour eux. Dans ce monde où j'ai espéré les faire entrer, tu me vois aujourd'hui, je suis dame pipi, réfugiée, est-ce que cela me contient ? Est-ce que cela dit qui je suis ? Plus rien ne peut dire qui je suis, parce que le monde d'où je viens n'existe plus, les mots qui le disent ne parlent qu'à ceux qui l'ont perdu, il faudrait inventer une langue ancienne et nouvelle pour dire ce qui n'est plus, et que nous sommes cependant. Et quand bien même nous inventerions cette langue, elle ne parlerait qu'à quelques-uns. Mais toi, tu es sculpteur. Invente-nous un visage, crée avec nous et pour nous une statue dans laquelle nous pourrons nous reconnaître, une forme de marbre et de chair, vivante et morte, immobile et qui court, dévastée et présente."

"Oui, répond Médée, je vais le faire, je vais inventer une forme qui dise la présence dans l'absence, tu vas m'aider, avec tes amis, je le ferai pour nous tous, qui sommes si totalement dépossédés de ce qui nous fonde que nous devons tout réinventer, sans jamais espérer oublier ce qui a été. Je ne me sens pas légitime, je sais bien qu'il n'y a pas de hiérarchie dans la perte, mais je me sens déplacée. Je ne suis pas sûre de pouvoir le faire, Tanya, j'ai peur que tu ne sois déçue, mais si nous le faisons ensemble, peut-être que tu reconnaîtras le visage du désastre qui s'obstine à vivre."

"Je t'aiderai Médée, nous le ferons ensemble. Il y a un vieil entrepôt désaffecté, je ne crois pas qu'on viendra t'y chercher. Puisque tu ne veux pas sortir d'ici, de ce lieu qui les contient tous et n'en est aucun, je t'apporterai ce qui te manque. Donne-moi le numéro de téléphone de ton fils, mes enfants aussi t'aideront, il y a Aminata, qui travaille avec moi, et aussi mes amis syriens, turcs, croates. Nous sommes toute une communauté, ils vont adorer ce projet."

"Oh Tanya… Comment te remercier ?"

"En nous donnant un visage."

Dès le lendemain, Médée a rejoint Tanya, un mercredi, un jour où nul n'a noté la présence de la jeune femme à l'aéroport. Pourtant Tanya porte la blouse blanche et le badge qui signalent la légitimité de sa présence. Elle tend à Médée une blouse semblable à la sienne, et Médée l'enfile, flottant dans le vêtement un peu raide. "Je t'en ferai une à ta taille, sourit Tanya. Quand j'étais enfant, j'adorais me déguiser. Je couds souvent des costumes de théâtre pour Sinan, mon fils. J'adore chiner les étoffes, je les entasse, et un jour, elles trouvent leur usage. J'imagine le costume, puis je fouille dans ce monceau de tissus disparates qui encombrent mon tout petit séjour. J'ai acheté aux Puces une vieille Singer qui ressemble à celle avec laquelle ma mère cousait nos robes à Samarra. Quand je pense à un costume, j'oublie presque tout, il faut que Sinan m'explique bien le personnage qui va le porter, son humeur, sa place dans la pièce qu'il invente et met en scène, je dois comprendre ce qu'implique ce costume, ce qu'il dit de celui qu'il contribue à incarner, ce qu'il dit aussi de mon fils, cette façon qu'il a déjà de produire le monde, d'inventer un spectacle pour partager les territoires que nous transportons."

“Oh Tanya, j’aimerais connaître Sinan un jour, quand je ne serai plus cette errante sans lieu, quand avec toi j’aurai donné un visage à ce qui nous rend étrangers à ce monde.”

“Oui Médée, tu rencontreras Sinan quand ta douleur ne sera plus un caveau qui te tient enfermée dans l’obscurité de la mort, mais quand tu l’auras transformée en une torche vive qui éclaire les jours. Sinan est jeune, il a rencontré la douleur si tôt qu’elle est devenue lumière en lui, toi et moi l’avons rencontrée si tard que ce qui est arraché en nous reste béant à jamais. Mais qui a dit qu’une moitié de vivant n’est pas encore en vie ?”

Médée suit docilement Tanya qui avance d’un pas sûr dans les dédales de l’aéroport, cette partie inaccessible aux voyageurs où passent tous ceux qui font vivre l’espace immense dans lequel s’organisent tant de départs et tant d’arrivées. Par une petite porte en apparence insignifiante, les deux femmes accèdent à un terre-plein battu par le vent. C’est la première fois depuis des jours que Médée respire l’air frais d’un lieu à ciel ouvert, elle frissonne, l’automne est là, qui s’annonce dans les feuilles dorées suspendues aux branches, mais qu’un souffle détache déjà par endroits. Elle se sent nue, exposée à la douceur de ce qui continue d’être, le ciel immuable, avec quelques nuages en filaments cotonneux dans l’air encore doux, les arbres noueux, l’odeur de la terre qui monte, toute cette sève déclinante et dorée d’une nature qui entre lentement dans le cycle de l’hibernation à venir.

Tanya se retourne, comme si elle avait senti le vertige de Médée devant la beauté intacte de ce qui vit, “viens, nous sommes tout près, tu vois, tu n’auras chaque jour que ces quelques pas à franchir”. Devant elles se dresse une sorte de hangar désaffecté en tôle, une bâtisse provisoire qui avait survécu à la consolidation de l’extension de l’aéroport, sans doute une sorte de remise de chantier oubliée là, et quand Tanya ouvre la porte, Médée s’empare des lieux au premier regard, le plancher poussiéreux, les fenêtres hautes qui versent une clarté froide, les étagères de bois brut où sans doute étaient entreposés les plans d’étapes, les dossiers de chantier, quelques outils, une longue table et des chaises d’acier. “Oh Tanya, quel lieu tu m’ouvres, quel cadeau insensé ! Je ne veux pas te mettre en péril…”

“Si on te trouve, Médée, et cela n’arrivera pas, personne n’imaginera un lien entre nous, toi un sculpteur reconnu, et moi une réfugiée dame pipi. Mais quand ton œuvre sortira d’ici, elle témoignera de tous les liens, de toutes les rencontres, de toutes nos vies cassées et fragmentées, méconnues et malmenées, mais vivantes. C’est un cadeau, ne t’inquiète pas de la réciprocité, elle est là.”

Médée caresse de la paume les étagères, une vague chaude l’envahit, elle se tourne vers Tanya, comme une enfant, les yeux soudain brillants, le débit plus rapide : “Tanya, crois-tu qu’on trouvera le moyen de faire venir ici mes outils, et comment faire entrer un bloc de marbre aussi massif que celui que j’imagine ?” L’excitation retombe, mais Tanya ne lâche pas prise. “Il y a toujours un moyen.” Médée reprend : “Je ne veux pas que mes enfants portent le poids de tout ceci, je ne veux pas que leurs vies en gardent la trace. Bien sûr, Adam et Aya, et même Samia, plus lointaine en apparence, mais en qui tout résonne, auraient à cœur de me venir en aide. Mais tu comprends, Tanya, tu as sauvé tes enfants de la destruction, tu les as portés hors des champs de ruine, tu as eu ce courage de pleurer seule la nuit et de rire le jour, arc-boutée contre le désespoir. Je ne sais quelles rencontres miraculeuses tu as faites, quelles mains se sont tendues comme pour moi aujourd'hui la tienne ouverte et chaude, mais je suis sûre que tu ne leur as pas imposé le poids de tes peines, de tes batailles…" "C'est vrai, répond Tanya, je les ai épargnés au début, quand la nuit était si noire en moi qu'ils s'y seraient perdus. La nuit d'une mère est un abîme pour ses enfants, s'ils l'effleurent, elle leur colle à l'âme pour le restant de leurs jours. Mais une fois que nous sommes sortis des plus grands périls, il m'est arrivé de partager avec eux les soucis et les peines, et c'est la force de notre lien, dire sans peser, de telle sorte que l'amitié nous unit autant que le redoutable lien de l'enfantement."

"Il y a sûrement quelqu'un, Médée, quelqu'un qui sait ce dont tu as besoin, et qui t'aidera." Médée regarde Tanya, ses prunelles, à cet instant précis, sont presque transparentes, éclairant son visage amaigri. Tanya est silencieuse, elle observe ce qui chemine en Médée, hésite à advenir. "Il y a quelqu'un, oui, dit lentement Médée, quelqu'un qui sait depuis toujours, qui a toujours su… Qui comprendra ce que nous voulons faire ensemble sans qu'il soit besoin de longues explications, qui saura trouver le marbre et les fils d'acier, les tiges, la résine, les outils, quelqu'un qui a guidé mes gestes à seize ans, et qui a continué de loin, à veiller sur mon travail. Sur moi. Quelqu'un que je peux appeler, qui ne demandera pas d'explications, et qui sera là pour nous. Juan…" "Appelle-le, Médée, n'attends pas de sortir d'ici, appelle-le. Bien sûr, les histoires sont toutes différentes les unes des autres, mais avant de quitter Bagdad avec mes deux enfants, j'ai appelé Qasim. Je ne l'avais pas revu depuis plus de dix ans, il a choisi une carrière de diplomate, mais nous avons toujours correspondu, de manière plus ou moins dense, selon les années. Je l'ai connu à l'âge de huit ans, quand ses parents ont emménagé dans la maison mitoyenne de la nôtre. La première fois que je l'ai aperçu, il avait le nez collé contre la grille de notre jardin. J'étais assise à califourchon sur la balançoire que mon père avait installée pour moi, suspendue aux branches des deux abricotiers, et je l'ai vu, avec son gros chien qui le suivait comme son ombre. Tous deux m'observaient à travers cette grille, j'ai sauté de la balançoire avec une fougue d'héroïne, et je suis tombée sur le dos, devant eux qui riaient, je t'assure Médée que son chien, Darius, riait aussi." Médée sourit à Tanya. "Il est devenu ton amoureux ?" "Oh, répondit-elle, bien plus que ça, mon alter ego. J'ai tout fait avec lui, j'ai grimpé aux arbres, joué aux osselets et aux dominos, poursuivi des ennemis imaginaires, combattu les cow-boys, nous nous sommes toujours querellés pour être les Indiens, qui aurait voulu être un shérif alors ? Nous avons aussi joué à nous toucher les langues au fond du jardin, les yeux fermés très fort, c'était assez dégoûtant, mais quelqu'un nous avait dit que ça s'appelait le baiser français, le seul qui compte vraiment, et nous ne pouvions pas passer à côté, mais d'un commun accord, nous avons décidé après cette première expérience que c'était terrible, et nous avons renoncé à recommencer. Les étés, il faisait si chaud à Samarra, ma mère nous poursuivait avec le tuyau d'arrosage, et nous finissions dégoulinants, les cheveux collés au crâne par la puissance du jet, Darius aussi était trempé, et quelques instants plus tard, dans la chaleur fumante, nous étions de nouveau secs, la peau râpeuse aux genoux et aux coudes. C'est Qasim que j'ai appelé quand mon fils n'est pas rentré, c'est lui qui m'a appris la nouvelle, qui a osé me dire : « Tu ne le reverras plus, tu ne pourras pas non plus l'enterrer selon nos rites. Quand tu seras prête à partir, appelle-moi, Tanya. » Un soir, Bagdad résonnait du fracas des bombardements américains, j'ai envoyé un message à Qasim. Nous avons vendu grâce à lui notre petit appartement à Bagdad dans la semaine, ma voiture aussi, contre des euros et des dollars américains, qu'il m'a restitués quand nous sommes arrivés à Paris. Il m'attendait debout dans cet aéroport. C'est lui qui nous a conduits chez ces amis chrétiens, qui a permis que nous obtenions rapidement le statut de réfugiés ; je n'ai pas souffert de l'errance de ceux qui vivent en clandestinité des mois, des années, sans savoir, sans pouvoir imaginer. J'ai mis mes enfants à l'abri, je les regarde vivre et rire, un peu graves parfois, mais je n'ai pas peur quand ils tardent à rentrer. Moi je suis dans cet aéroport, je vois les avions arriver et partir, quand sur les panneaux lumineux, clignote le nom de Bagdad, plus rarement celui de Samarra, mon cœur frémit. Comme quand on est amoureux, tu sais, le nom de l'aimé agite l'âme alors qu'il n'y a aucun signe de sa présence, la rencontre avec ce nom même est fortuite, mais tout devient signe pour celui qui aime, contre toute raison."

"Oui, répond Médée, tout devient signe quand on aime. Mon fils met sur ma route des signes, des cailloux de Petit Poucet pour que je puisse retourner sur mes pas et retrouver le chemin de ma vie quand ce cycle de destruction sera derrière moi. Quand on aime, on est signe pour l'autre, il est signe pour nous, comme toi qui surviens à ce moment de ma vie où presque tout me devient étranger." Comment ne pas savoir alors que l'amour est partout autour de nous, comment nous obstiner à penser que l'abandon d'un être est la perte définitive de l'amour ? Tanya n'a pas renoncé à aimer, dans les gouffres des absences qu'elle transporte, il y a en elle cette flamme vive qui a traversé Médée ce premier jour dans les toilettes de l'aéroport, quand elle est revenue à elle-même la tête sur ses genoux... Tanya, Médée le sait bien, est bien plus que ce passé perdu, que cette terre qui lui manque, que ces larmes qu'elle verse quand elle lui raconte son enfance entre les abricotiers de Samarra. Elle est pour Médée le visage même de la vie vivante, de l'espoir, elle est à jamais cette femme rayonnante qui la fait revenir d'entre les morts. Qui n'est pas réfugié de quelque part ? D'une enfance, d'un amour, de sa propre jeunesse enfuie, des liens cassés, d'un pays en guerre, d'une perte qui n'a pas de nom ?

Peu importe où il va dans le temps divisé

Médée a connu Juan quand elle avait seize ans. La première fois qu'elle l'avait vu, son père avait organisé un déjeuner en l'honneur de ce sculpteur tangérois par sa mère, espagnol par son père, devenu un des plus extraordinaires artistes de l'Espagne contemporaine à l'âge de trente ans, célèbre pour ses réalisations monumentales, réinterprétant l'univers de Goya et celui de Picasso, les entrechoquant pour mieux les désacraliser… mais revisitant aussi les principaux mythes de l'Espagne, de la défaite des Maures à la tauromachie, en passant par la violence de la guerre civile et la psychanalyse… "J'avais seize ans, dit-elle à Tanya, et je n'ai pas mesuré qui entrait alors dans ma vie.

Il a fait irruption dans cette salle à manger chez mes parents à Tanger, un géant littéralement, une chevelure brune en désordre et un regard sombre et brillant, très lumineux. Il y avait dans la bibliothèque au fond des pièces ouvertes les unes sur les autres deux statuettes, mes toutes premières, que mon père avait placées là. Juan les a repérées immédiatement, en s'excusant auprès de ma mère, il a traversé la réception pour s'en approcher, les caresser de ses grandes mains, délicatement, et il a demandé à mon père : « Où as-tu trouvé ça, Naïm ? J'aime ce travail. » Mon père a répondu tranquillement : « Je t'avoue, Juan, que ce travail est venu à moi, je ne l'ai pas découvert, c'est celui de ma fille, Médée. »"

Juan avait alors levé les yeux vers la jeune fille debout devant la longue table dressée par les soins de Faïza, la nappe en lin ivoire des grands jours disparaissant presque sous les larges assiettes de porcelaine fine, les couverts en argent, le chemin de table parsemé de clématites sauvages et de jasmin blanc. Médée debout, rétive, s'était ainsi trouvée exposée au jugement de ce sculpteur dont son père, fin connaisseur et ami des artistes, louait le travail avec tant de ferveur qu'il était pour elle une sorte de mythe dont elle n'avait pas imaginé la présence un jour dans la salle à manger familiale. La réalité physique de cet homme si grand, dont la voix très grave emplissait l'espace d'une rayonnante énergie, avait d'abord touché Médée d'une manière qu'elle avait eu du mal à définir alors, l'étonnante sensation de retrouver quelqu'un qu'elle aurait connu depuis toujours, mais aussi une sorte de dimension supplémentaire qui entraînait la dilatation de tout son être, comme si Juan, occupant tout naturellement l'espace, lui ouvrait un chemin, mettant soudain son corps hésitant, à la grâce adolescente, à la place qui lui était allouée et qu'elle avait elle-même tant de mal à occuper, tout juste sortie d'une enfance au long de laquelle la présence évanescente de Faïza avait contribué à une sorte de conscience discontinue de sa propre réalité, oscillant le plus souvent autour de l'invisibilité. Le regard vif de Juan, la fixant sans concession, avait provoqué une incarnation immédiate de la jeune fille, soudain rendue à elle-même ; d'un coup, elle avait senti sa peau comme une membrane étonnamment vivante, installant une porosité de tout son être à la présence de cet homme surgi dans la salle à manger familiale, installé à la droite de sa mère, face à elle, et qui durant le repas l'avait soumise au feu roulant de ses questions sur le rapport qu'elle avait avec les artistes de l'École de Tétouan, mais plus largement avec les sculpteurs dont le travail était pour elle une source d'inspiration. Et Médée, oubliant sa timidité, avait évoqué le choc éprouvé à l'âge de huit ans devant le groupe monumental des *Bourgeois de Calais*, en visite au musée Rodin, en compagnie de son père. Juan avait souri, et évoqué le fait que Rodin pour l'accomplissement de cette œuvre, dont l'humanité des figures avait contrarié la dimension héroïque de la commande initiale, avait été assisté par Camille Claudel avec laquelle il avait alors entamé une relation rapidement devenue passionnelle. Médée avait aussi évoqué le travail de la statuaire de Giacometti, et notamment la série des sculptures de haute taille, depuis la *Femme au chariot*, toutes ses silhouettes étirées jusqu'à l'effacement, leurs particularités comme rongées, et surtout la *Grande Femme*, au corps noueux comme un arbre, tendue vers le ciel, par opposition à la représentation du masculin, les hommes souvent réduits à des bustes tassés, telluriques, surgis dans la roche, la pierre, mais contenus par la matière minérale. Les joues de Médée rosies par l'enthousiasme flambaient de l'intérieur, elle les sentait prendre feu en même temps que sa passion pour l'œuvre du sculpteur éclatait, bousculant les conversations qui tentaient de s'établir autour de la table, si bien que son père l'avait gentiment interrompue : "Médée, laisse notre ami se reposer, savourer ce repas… Vous aurez tout le temps de poursuivre s'il le souhaite." Coupée dans un élan irrépressible, Médée s'était retirée dans un silence aussi gênant que la volubilité passionnée qui l'avait précédé. Juan avait alors tendu la main, effleurant dans un geste d'apaisement le bras de la jeune fille, il avait gentiment cligné des yeux, et répondu avec une délicatesse étonnante chez un homme si présent physiquement : "Nous n'allons pas embêter vos parents avec notre passion, mais sitôt la fin du repas, vous me montrerez votre travail et nous poursuivrons cette conversation sur Giacometti." Et Juan, en effet, n'avait pas oublié sa promesse. Sitôt le repas terminé, il avait repris avec Médée, installés tous deux sur la terrasse face à la mer, les grottes d'Hercule découpées contre le ciel d'une sèche clarté, la conversation que le lent et complexe cérémoniel du repas avait suspendue. Médée regarde Tanya qui écoute attentivement, "appelle-le, Médée, je n'ai pas besoin d'en entendre davantage. Rentre dans cette chambre et appelle-le, ne perds pas de temps". Tanya se dirige vers la porte de l'entrepôt qu'elle entrouvre avec précaution, suivie par Médée qui quitte à contrecœur le vaste espace où déjà son esprit a investi les lieux, organisé le déploiement d'un travail dont les prémisses prennent lentement corps en elle, installant une impatience dont elle reconnaît les signes, étonnée et émue par le déploiement sourd de ce désir, qui oppose à la logique du désastre et de la perte la puissance de l'imagination créatrice. Rendue dans la petite chambre grise, après la promesse faite à Tanya d'appeler Juan, mais aussi de la retrouver le lendemain pour la tenir informée de l'acheminement des outils nécessaires pour entamer son travail, ainsi que des matériaux dont Juan va orchestrer le périlleux dépôt dans l'atelier improvisé par Tanya, Médée se déshabille lentement. Tanya ne l'a pas dit à Médée, dont elle ressent la fragilité, mais dont elle comprend aussi les scrupules, rétive à impliquer son fils ; elle est cependant certaine que Juan ne manquera pas d'appeler Adam pour lui faire prendre part à la résurrection de sa mère, tissant ainsi autour d'elle une alliance protectrice. Médée assise nue sur le bord du lit regarde comme si elle les découvrait ses longs membres fins, la peau étonnamment jeune de son corps, ferme et légèrement dorée, portant encore la mémoire de l'été bientôt disparu. Pourtant deux semaines plus tôt, peut-être trois, dans cette pièce grise, elle avait noté les signes de la dévastation sur ce même corps, la chair comme morte, légèrement jaunie, relâchée, les seins mornes pendus à son torse amaigri. Elle enfile un tee-shirt en coton blanc, aux manches trois quarts, seyant et doux et un pantalon d'intérieur en soie fluide aux larges fleurs, fermé par un cordon. Devant le miroir de la salle de bains, elle lave soigneusement son visage devenu à nouveau lumineux, applique sur sa peau fine une crème piochée dans un pot opalescent, ôte le cordon de satin qui retient sa chevelure, d'une main presque assurée elle répand les mèches soyeuses, où des fils blancs sont apparus, organisant dans les reflets chauds les prémisses d'une froide clarté. Elle est belle devant ce miroir, d'une beauté qui ne lui appartient pas, ne dit rien d'elle, elle se regarde belle comme on regarde un souvenir, une image ancienne presque disparue, cette féminité qui résiste, la douceur fragile, froissée, de cette femme face à elle soulève une interrogation, la même qu'elle avait affrontée le jour où une amie d'enfance avait perdu son fils dans un accident de la route, et où Médée, penchée sur elle pour l'embrasser au milieu des proches en pleurs ou silencieux, effarés par la violence de la perte pour cette mère d'adolescent, avait rencontré le regard vulnérable de la jeune femme, son expression incertaine depuis l'enfance, la mollesse ronde des traits du visage, la même, seule la bouche tremblante de son amie et le menton comme effondré signalaient la réalité de l'évènement. Adolescente, Médée scrutait longuement les photographies des veuves de guerre, des rescapés des camps, constatant parfois la présence d'un pli d'amertume près de la bouche, d'une ombre persistante dans le regard, mais le plus souvent troublée par l'humanité obstinée des visages, comme si l'éclatement intérieur, l'irruption du malheur ne laissaient que des traces mineures sur les faces de ceux qui étaient si affectés que sans doute la texture de la vie elle-même en était pour eux irréductiblement modifiée. Peut-être fallait-il voir dans cette invisibilité relative des désastres sur les corps de ceux qui les avaient traversés une sorte de résistance indépendante de leur volonté, comme si la chair organisait à leur insu la possibilité de leur existence parmi les vivants. Les traces trop apparentes du malheur sont pour ceux qui les portent une source d'isolement supplémentaire, et les condamnent à une telle relégation que souvent la folie assumée devient pour eux une manière de dire leur rejet de ceux qui les excluent. Devant la mer verte sous le ciel bleu, Médée avait partagé avec Juan ces réflexions qui commençaient d'organiser son travail, une ébauche d'interrogation que Juan, silencieux, avait accueillie sans surprise manifeste, comme si d'emblée la complexité de la jeune fille, cet entêtement à questionner l'existence propre de la chair, avait été palpable pour lui dès la découverte dans la bibliothèque de Naïm des statuettes de résine et de bronze. Ce qui organise et informe, avait précisé Médée, tendue, ce qui défait les résistances de la matière pour les convertir en nouveaux agrégats constitués autrement, comme dans ces pages où Proust décrit le visage du duc de Guermantes vieilli tel un rocher battu par les flots, rongé par les vents salés, une face où le temps, la succession des émotions, des expressions avaient suscité des effondrements de volumes, des affaissements de structure, produisant une étrange beauté, une harmonie troublante, proche de celle des très anciens objets dont l'apparence originelle ne survit plus que par accident, d'autant plus précieuse lorsqu'elle est encore repérable. Que pouvait alors répondre Juan, captivé par la puissance d'une réflexion étonnamment élaborée chez une si jeune fille, interrogeant l'usure et la métamorphose de ce qui est alors même que son jeune visage éclatant, son corps fin et souple disait la volupté inconsciente de la beauté intacte, rayonnante. Que pouvait objecter cet homme pris dès cet instant dans les rets d'un amour qui allait lui ronger le cœur et le corps pendant plus de quarante ans ?

Lorsque le téléphone de Juan a sonné, en ce début de soirée, dans la lumière finissante de son atelier parisien, il s'en est emparé dès la première vibration, parce que depuis plusieurs jours, prévenu par Adam de l'abandon d'Ismaïl, du refus de Médée de sortir de cet aéroport qui est devenu pour elle ce *no woman's land* où il l'imagine chutant dans un abîme sans fond, celui-là même qu'elle explore obstinément depuis l'âge de quinze ans, la possibilité ou l'impossibilité de l'amour, la force et la vanité des liens, l'archéologie des corps aimants puis souffrants, toute cette liturgie de la pierre et du latex, de l'acier et de la fibre qu'elle convoque en magicienne, avec la puissance incantatoire de la conjuration impossible, il a attendu cet appel. Et voilà que le téléphone vibre, et cette vibration provoque en lui une onde de joie, fait jaillir une énergie chaude et fluide, celle-là même que la présence de Médée à quelques mètres de lui fait surgir sans même qu'elle l'imagine, ou le souhaite, une pulsion de vie joyeuse, irrépressible, qui génère chez cet homme bientôt septuagénaire une émotion de jeune homme. La voix de Médée est hésitante, voilée, et Juan répond, opposant les vibrations de son timbre profond à la faiblesse qu'il perçoit dans le souffle de Médée. Il répond vite, franchement, prévenu par Adam, "j'attendais ton appel", elle le sait, il a toute sa vie attendu ses appels, commenté son travail, soutenu son cheminement, milité pour son œuvre, organisant les réseaux et les cercles de critiques qui ont permis la reconnaissance du talent de Médée, si solitaire, si recluse que son travail malgré son évidente puissance serait demeuré méconnu sans la bienveillance lucide de cet artiste à la volonté et la générosité rayonnantes. “De quoi as-tu besoin Médée ? Je suis là, dès que tu le veux je viens te chercher, mon atelier est le tien, tu le sais…” Médée assise sur le lit, une jambe repliée sous elle, se laisse envahir par la force de cette tendresse inconditionnelle “Juan, non, je vais rester ici, je vais travailler ici, peux-tu venir demain, je t'expliquerai tout cela de vive voix, tu comprendras”. Mais Juan peut arriver dans une trentaine de minutes, il le dit à Médée, et comme souvent, sa volonté vacille devant la sienne, – “inutile de perdre du temps, Médée, j'arrive. Où pouvons-nous nous retrouver ? – Dans le café au milieu du hall C, je t'y attendrai. Je serai assise à une table. – J'arrive Médée.”

C'est dans ce même café, à quelques mètres de l'endroit où Adam et Aya l'avait installée quelques semaines plus tôt pour lui apprendre avec d'infinies précautions l'abandon d'Ismaïl, que Médée attend à présent Juan, légèrement en avance, enveloppée par le brouhaha confortable des voyageurs momentanément arrêtés, le vrombissement des puissantes machines d'acier distribuant les boissons chaudes, les odeurs de sucre et de beurre des gaufres hâtivement réchauffées, toute cette effervescence qui une dizaine de jours auparavant l'avait assaillie comme une agression, révulsant son estomac en déroute, provoquant sa fuite éperdue vers les toilettes situées quelques dizaines de mètres plus loin, dans une sorte de partition du hasard qui semblait conduire à la rencontre miraculeuse avec Tanya, comme elle l'expliquerait à Juan quelques instants plus tard, quand il l'aurait rejointe, soulagé de la trouver là, si semblable à elle-même qu'il en a eu le souffle coupé, notant au passage les joues creusées de Médée, les fils argentés dans sa chevelure répandue sur ses épaules, l'odeur de verveine émanant de sa peau, ses mains aux cicatrices anciennes croisées contre ses seins, dans une attitude de protection qui l'a ému comme la première fois où il a pénétré dans la resserre qui servait alors d'atelier à Médée au fond du jardin, dans cette maison d'enfance où il l'a vue et reconnue sans l'ombre d'un doute, aussi sûrement qu'on reconnaît la pénombre et l'odeur de sa maison après une longue absence, la place des meubles, la résistance du linge sous la paume des mains, l'avancée de la lumière et des ombres au long de la journée, cette mémoire de l'enfance qui rend obsolète par avance toute autre tentative d'incarnation de nouveaux lieux dans les replis du corps, des sens et de l'imagination.

Juan s'est contenté de prendre place en face de Médée, légèrement distante, appliquée – il la connaît si bien – à lui offrir un regard serein, mais tout en elle évoque pour lui l'animal traqué, au bord de l'épuisement. Il repère depuis toujours le souci de Médée, frôlant l'obsession, de ne peser sur personne, une sorte d'orgueil qui peut l'enfermer dans la plus grande solitude au moment même où une main tendue serait salutaire. C'est pourquoi il l'écoute si attentivement tandis qu'elle lui raconte sa rencontre avec Tanya, la bienveillance de la jeune femme, née de l'expérience de la perte si radicale que l'orgueil n'est plus qu'une peau morte inutile, Médée l'a compris devant la simplicité de Tanya, le récit ouvert de sa vie, elles ont en commun la douleur de la perte, même si celle de Tanya est sans commune mesure avec l'abandon dont Médée est la protagoniste sidérée, elle s'en excuse dans le compte rendu qu'elle fait à Juan de cette rencontre, “miraculeuse, vraiment”, souligne-t-elle, et comme toujours il est ému par l'humilité qui caractérise l'attitude et la pensée de Médée, l'orgueil n'organisant chez elle que le souci de ne pas encombrer les autres de ses fragilités, perçues et exprimées dans le travail qu'elle poursuit depuis plus de quarante ans. Ignorant délibérément l'histoire d'Ismaïl, Juan interroge Médée sur le lieu ouvert par Tanya, pour le bonheur de la voir animée, le regard brillant, décroisant ses mains soudain vivantes, décollées de son torse. Elle raconte, Médée, l'espace lumineux, les fenêtres hautes, suffisamment pour maintenir l'invisibilité des occupants clandestins qu'ils seront ensemble, oui, ensemble, plaide-t-elle, pour que cette sculpture qui doit dire la perte et la permanence, l'invisibilité et les identités assignées, la relégation collective et l'effacement, l'humanité indéfectible et la puissance d'aimer, soit le fruit de leurs forces jointes, la célébration de leur art en même temps qu'une offrande à tous ces nouveaux damnés de la terre surgis de guerres allumées comme des brasiers incandescents par les maîtres du nouveau monde, si peu soucieux des vies broyées par la mécanique implacable de leurs intérêts.

Juan regarde Médée, à nouveau volubile comme elle l'a été de manière irrésistible au cours de leur première rencontre, quarante ans auparavant. Et comme quarante ans auparavant, Juan est prêt à tout pour que la flamme qui illumine Médée pendant qu'elle lui expose sa conception du projet auquel elle le convie brûle plus haute, plus vive. Mais il sait aujourd'hui combien Médée est rétive dans l'exercice de son art à toute forme de domination, quand bien même elle emprunterait le visage de l'amour le plus absolu. Et c'est sans doute parce qu'il aime profondément Médée. Tellement que tout au long de ces années où elle a choisi de vivre aux côtés d'Ismaïl, il a erré et accepté l'errance comme le prix de cet amour d'une vie, son assurance d'homme adoré des femmes convertie pour elle en une posture si peu compatible avec ce qu'il est devenu, un chevalier servant lointain et protecteur, recueillant les scories de la tendresse profonde de Médée comme autant de gemmes, revivant indéfiniment ce moment béni où dans l'atelier qu'ils ont provisoirement partagé à Tanger, il l'a tenue dans ses bras comme un oiseau tremblant le cœur battant sous les côtes menues, appliqué à ne pas la broyer, contenant sa passion d'homme fait pour ne pas effaroucher la jeune fille dont il avait pressenti le désir d'indépendance. C'est sans doute pourquoi Juan, assis face à Médée dans ce café où leur présence mutuelle installe sans effort une bulle d'intimité heureuse, hésite, oscillant entre le désir de pénétrer dans le monde de Médée, de créer avec elle cette œuvre où ils existeront ensemble toujours, il en est certain, et la possibilité ouverte pour lui par le départ inattendu d'Ismaïl de retrouver, par un miracle des cycles incertains de leurs existences, la possibilité d'une vie d'amour auprès de cette femme si exclusivement présente durant toutes ces années dans les replis de sa chair et de son cœur. Médée tend la main vers lui, "je t'en prie, Juan, accepte, je ne suis plus une jeune fille de dix-huit ans, incertaine de ses forces, écrasée par ta puissance créatrice. Je pense que nous pouvons le faire ensemble, travailler et créer, sans que je me sente profondément illégitime, comme cela m'est arrivé il y a si longtemps que tu ne devrais même plus t'en souvenir".

Juan affronte son regard : “Je me souviens de tout, Médée, je me suis souvenu de tout, chaque jour, chaque heure, chaque minute… Rien ne m'a quitté, jamais.” Médée vacille, et comme quarante ans auparavant, Juan voudrait pouvoir rattraper ses paroles, il esquisse un geste d'excuse, mais c'est Médée qui l'interrompt, sa voix est calme, seule une légère vibration plus haute trahit le tumulte intérieur. “Je sais, Juan, j'ai toujours su. J'ai eu peur il y a quarante ans, tu étais trop fort pour moi, mes enfants de pierre auraient été écrasés par les tiens, tu m'aurais avalée, et sans doute pour finir aurais-tu souhaité me sortir de ton travail, de ta vie, sans pouvoir le faire parce que tu es noble et que je serais devenue si dépendante de toi. Mais aujourd'hui, c'est différent, tu le comprends ?”

“Je comprends que tu le penses, Médée, tu crois que tout est différent, parce que nous sommes si construits et si détruits que rien ne peut plus nous arriver. Mais moi, avec toi, tout peut m'arriver jusqu'à mon dernier souffle, je n'ai pas d'âge, pas de mémoire, pas de passé face à toi. Que deviendrons-nous dans ce travail commun ? Que ne deviendrons-nous pas ? Je ne prendrai pas de risque avec ce qui peut advenir.” Les mains de Juan sont posées à plat sur la table, carrées avec une paume charnue, des doigts puissants, des mains semblables à celles fines et petites de Médée, parce qu'elles sont couvertes de cicatrices, de traces qui disent l'alliance avec la pierre et le bronze, l'acier et le verre. “Donne-nous cette chance, Juan, travaillons ensemble, donnons forme à ce qui n'est pas encore, je ne peux le faire qu'avec toi à mes côtés, cette femme de marbre sans visage, un obus d'acier à la place du cœur, tout son corps dévasté par la déflagration. J'ai tout imaginé, ce creux de son corps ouvert par la bombe qui l'a traversée, et là, installés dans cette cavité ouverte, les talismans de ceux qui ont tout perdu, la boîte qui contient les grains de sable de la terre d'Irak de Tanya, la photo de son fils dans un cadre, le chapelet du père d'Aminata, la sandale dont l'autre paire est restée à Sanaa du fils de Driss, les premières boucles de Samia enfermées dans ce médaillon qui ne me quitte pas. Et aux côtés de cette femme sans visage traînant un enfant sur le chemin de la dévastation, un homme déchiqueté mais droit, dans son thorax ouvert la photographie de son premier amour, le pendule qui égrenait les notes d'une comptine au-dessus du berceau de son fils, la montre de son père… Fais-le avec moi, Juan, nous tisserons entre eux, sur les chemins de l'exil, des liens d'acier et de fibres, des coques éventrées pour les contenir et les lier, ils ne se perdront pas. Fais confiance au temps, Juan, fais-nous confiance, je t'en prie."

"Regarde-nous Médée, nous sommes le temps, que sommes-nous d'autre, toi et moi, sinon le temps. Montre-moi notre atelier, je suis avec toi, toujours."

"Je vais prévenir les enfants, Juan, les sortir de cette inquiétude si terrible pour eux."

"Appelle les enfants, Médée, je t'attends." Il la regarde s'éloigner provisoirement, menue. Elle contient tout ce qui a été et tout ce qui sera, dans le temps dilaté par l'évidence de l'amour.

Enfin si tu détruis que ce soit
avec des outils nuptiaux

Dès l'aube, Médée s'est réveillée, avec au cœur une exaltation anxieuse. Juan sera bientôt dans ce café où ils se sont quittés trois jours plus tôt, après qu'elle l'a convaincu de partager ce projet d'une statuaire pour dire ce qui n'est plus mais qui continue d'être toujours tant que sont vivants ceux qui gardent en mémoire ce qui a disparu dans la violence de la guerre, la désaffection de l'amour, l'oubli organisé par la nécessité de survivre, au sein d'un monde pressé d'effacer les traces des perdants, faisant précisément de la perte une sorte d'opprobre dont il convient d'éviter poliment l'évocation, installant les survivants dans une sorte de présent hébété, coupés de la consolation du passé, de la douceur du souvenir.

Elle se prépare dans la salle de bains, brossant sa chevelure dorée, lissant ses paupières longues dans un geste oublié, effleurant ses poignets de cette eau de verveine et de menthe vendue exclusivement chez le parfumeur de son enfance, à l'angle de la rue du théâtre du Grand Socco. Elle a enfilé dans la perspective de cette première journée de travail un corsage en coton gris perle, presque laineux, doux comme un vêtement d'enfant, et un pantalon fluide devenu trop grand pour elle durant ces semaines où l'allègement involontaire de son corps a organisé à son insu le flottement de sa conscience, préparant la traversée des espaces vides jusqu'à l'ouverture du dernier, insulaire, l'atelier clandestin offert par Tanya. La présence de Juan à ses côtés est une protection, autant qu'un accompagnement, du moins celle qu'elle anticipe en se coiffant soigneusement ce matin, faisant crisser sous la brosse ses cheveux fraîchement lavés, avant de les ramasser pour dégager son esprit au moment de toucher de ses mains, enfin rendues à l'évidence de leur tâche, les outils et les pierres. Et c'est à cette double joie qu'elle se prépare, pensive, l'évidement de la pierre jusqu'au moment où la forme affleure, le maniement sonore des outils, le contact rugueux avec les fils d'acier qu'elle tisse patiemment, blessant ses doigts aux extrémités, comme dans le conte d'Andersen qu'elle lisait enfant, *Les Cygnes sauvages*, Elisa tissant pour délivrer ses frères du mauvais sort jeté par leur marâtre, onze manteaux d'orties, un pour chacun d'eux, mais aussi la présence de Juan à ses côtés, la manière qu'il a d'occuper l'espace, le regard qu'il pose sur elle, si généreux qu'elle craint de ne pouvoir s'en séparer lorsqu'ils auront terminé leur travail en commun. Médée sait, parce qu'il le lui a dit, et qu'elle lui a confié trois jours plus tôt les clefs de l'atelier de Rabat, que Juan va ramener ce matin avec lui ses outils, elle a oublié de lui parler de la statuette blanche de la mère et l'enfant, sculptée pendant que son corps empli par la lente croissance de sa première fille, aujourd'hui plus farouche, s'alourdissait chaque jour davantage dans une allégresse qui ne dépendait pas d'elle, mais lui emplissait le cœur et l'esprit. Elle n'est du reste pas réellement étonnée quand Juan lui remet la statuette immaculée quelques heures plus tard dans le café devenu non pas le lieu de son abandon mais de l'alliance avec cet homme pour lequel elle éprouve une tendresse si profonde que son esprit vacille, refusant de nommer ce qui surgit après quarante ans : une joie sans pareille à le retrouver, son corps dense, qui la rend à sa propre légèreté, vécue non plus comme un manque, mais comme l'envers de sa présence à lui, comme le jour et la nuit, le soleil et la lune, la terre et le ciel. Elle ne lui demande pas comment il a pensé à ramener avec lui cette statue, pas plus qu'elle ne s'enquiert des dispositions prises par Ismaïl pour l'entretien de cette maison où leurs enfants ont grandi, où sa vie à elle s'est écoulée dans la conscience inquiète de son amour pour cet homme auprès duquel jamais elle n'a ressenti la paix intime qui est la sienne face à Juan dans ce café plein de voyageurs anonymes où ils sont de nouveau assis l'un face à l'autre. Mais elle lit dans le regard qu'il fixe sur elle la conscience qu'il a eue là-bas de sa vie sans lui tout ce temps, dans la maison qu'elle ne peut même plus nommer, qui lui est devenue plus étrangère qu'un lieu inconnu, et dont elle connaît pourtant intimement les moindres recoins, les étirements du tissu broché du salon jaune dont la trame est par endroits visible mais que les protestations de ses trois enfants ont sacralisé chaque fois qu'elle a évoqué la possibilité de le renouveler, les odeurs de linge fleurant la lavande émanées de la buanderie et qui montaient jusqu'à l'atelier pendant qu'elle travaillait à la lente réalisation des créatures de pierre dont, elle en est certaine à présent, Ismaïl a ressenti le poids sous son toit, abandonnant sans un regard en arrière la femme possédée qui inlassablement donnait vie à l'indicible.

Elle décèle dans le regard que Juan pose sur elle une souffrance nouvelle, née de la conscience de tout ce que Médée a donné à cet homme qui est parti, tout ce dont il a été dépossédé des années durant, mais dont il n'avait peut-être pas réellement conscience dans la solitude de son atelier, ni même dans le quotidien de son appartement parisien depuis vingt ans, traversé par des femmes de passage, jamais complètement aimées, le visage de Médée toujours installé en lui comme le vertige de l'amour même, et il a accepté ces partages éphémères, ces plaisirs limités comme le prix à payer pour cette rencontre foudroyante quarante ans plus tôt. Mais jamais Juan ne s'est aventuré à imaginer la vie de Médée et Ismaïl, l'intimité partagée dans cette maison de Rabat, leurs trois enfants témoignant d'un lien qui au-delà de la chair et l'esprit s'inscrivait dans la trame de leurs vies si liées que l'odeur de Médée est encore partout dans les pièces soigneusement entretenues en leur absence. Il a compris dans cette maison vide et toujours habitée, où flotte partout l'esprit de Médée, dans les pièces claires et raffinées, le jardin plein de fleurs et d'arbres fruitiers, l'atelier comme un abri aérien, posé en équilibre sur la maison familiale, témoignant du sentiment d'illégitimité de Médée, que la femme qu'il aime est pour longtemps prise dans les liens qu'elle a tissés et qui demeurent comme ces coques brisées qui enveloppent les statues dont elle organise la jonction malgré les trajectoires séparées. Il sait aussi, dans une intuition infaillible, que le temps lui est compté pour enraciner Médée dans la certitude de leur amour, il sent, avec la prescience de ceux qui aiment, qu'Ismaïl une fois vécu le flamboiement d'un désir que la jeunesse et l'ambition de sa partenaire condamnent par avance, va revenir vers Médée, sa femme irremplaçable, humilié par la douleur qu'il lui a infligé, abandonné au sein de l'abandon qu'il a implacablement organisé, et Juan anticipe déjà la culpabilité de Médée devant l'homme défait qui va surgir, si fragile, si désarmé, que c'est lui, Juan, qui peut comprendre et supporter l'abandon, la réparation d'Ismaïl exigeant le sacrifice de Médée, et comment faire entendre à Médée la vanité d'un tel sacrifice, faisant d'eux ensemble les victimes expiatoires de la folie d'Ismaïl.

Mais là, il est face à la femme qu'il aime, et malgré l'inquiétude sourde qui assombrit à peine ses prunelles, c'est la joie qu'il sent triompher en lui, les partages à venir, l'abandon lent et doux de Médée, leurs mains unies dans la danse qui donne forme à leurs exigences rassemblées, unies dans ce travail de réparation de Médée. Comment ne pas croire à la force de ce qui vit, de ce qui révèle le désir qui a surgi dans cette maison en haut de la montagne, dominant la Méditerranée, au loin les grottes d'Hercule, la pointe du détroit découpée contre le ciel, les yeux de Médée traversés d'un bonheur naissant, celui du partage, de la reconnaissance de leur art, de sa nécessité dans leurs vies ? Il s'abandonne à cette croyance, Juan, sans fermer les yeux, et Médée lui sourit avec une tendresse vulnérable, à peine voilée, elle sait qu'il a tout vu dans cette maison abandonnée, qu'il a su sa vie sans lui, toutes ces années, unie à Ismaïl contre vents et marées, avec cette intégrité qu'il connaît, et qui devient la source de l'inquiétude qui l'a effleuré avant que la marée de l'amour partagé, enfin, n'envahisse tout son être. Il regarde cette femme comme on regarde sa vie au moment de mourir, les yeux grands ouverts, le visage de son amour, et dans un geste d'une infinie acceptation pour tout ce qui peut advenir, il lui tend la main pour qu'elle le guide vers ce lieu où ils seront ensemble, si elle peut.

OUVRAGE RÉALISÉ
PAR L'ATELIER GRAPHIQUE ACTES SUD
ACHEVÉ D'IMPRIMER
EN DÉCEMBRE 2021
PAR NORMANDIE ROTO IMPRESSION S.A.S.
À LONRAI
POUR LE COMPTE DES ÉDITIONS
ACTES SUD
LE MÉJAN
PLACE NINA-BERBEROVA
13200 ARLES

DÉPÔT LÉGAL
1re ÉDITION : JANVIER 2022

N° impr. : 2105469

(Imprimé en France)